Carme Riera
Contra el amor en compañía
y otros relatos

Carme Riera

Contra el amor en compañía
y otros relatos

Ediciones Destino
Colección
Áncora y Delfín
Volumen 673

© Carme Riera, 1991
© Ediciones Destino, S.A.
Consell de Cent, 425. 08009 Barcelona
Primera edición : marzo 1991
ISBN: 84-233-2045-6
Depósito legal: B. 9.534-1991
Impreso por Limpergraf, S.A.
Carrer del Riu, 17. Ripollet del Vallès (Barcelona)
Impreso en España - Printed in Spain

A Teresa Centelles, por casi veinte
años de amistad, y a mi
hija María, que cumple cuatro.

Índice

Volver

Al teléfono la voz angustiada de mi madre, que jamás ha podido entender la diferencia horaria, me despertó a las tantas de una rojiza madrugada. «Tu padre está muy grave y pregunta por ti.» Veinticuatro horas de viaje me resultaron más que suficientes para poner en orden los recuerdos. Deseché los peores y ceñí el ánimo a los más agradables, decidida a afrontar con buena cara el mal trago que suponía reencontrarme, muy posiblemente por última vez, con mi padre después de diez años de distanciamiento. Ni él ni mi madre fueron capaces de aceptar que renunciara a mi empleo en la *Caixa* para dedicarme a escribir y menos aún me perdonaron que me casara por lo civil con un extranjero y continuara, después del divorcio, en Estados Unidos sin querer regresar a su lado para recuperar —eran sus palabras— un punto de sensatez. No les avisé de la hora de mi llegada, ni siquiera les llamé desde el aeropuerto. Quería darles una sorpresa y evitar en el momento del reencuentro, siempre aplazado, la presencia de otros parientes cuya curiosidad les hubiera hecho correr solícitos a esperarme al avión. Así que alquilé un coche.

Cuando mi padre se jubiló decidió dejar la ciudad y acompañado de su colección de sellos y de la resignación de mi madre se encerró en Son Gualba, la única finca que no quiso vender, quizá porque en sus habitaciones y salas pretendía escuchar aún el apagado rumor de sus juegos infantiles con que paliar un poco la inexorable decadencia de la vejez.

El paisaje atormentado que rodea la finca —al terreno calcáreo de puntiagudas aristas suceden espesos bosques de pinos motejados de oscuro por las encinas que se pierden hasta el acantilado— fue también el de los veraneos de mi infancia solitaria, el de casi todos los fines de semana de mi aburrida adolescencia y el que siempre acabó por imponerse en sueños a otros de autopistas en fuga hacia otras autopistas paralelas, cruzadas por otras perpendiculares al que no tuve más remedio que acostumbrarme. Me había familiarizado tanto con el parpadeo de los neones publicitarios, los paneles de anuncios fluorescentes, los reclamos luminosos de gasolineras y moteles que en el momento de dejar la carretera asfaltada para tomar el camino polvoriento de Son Gualba tuve la impresión de adentrarme en las páginas de uno de mis cuentos infantiles en los que siempre suele aparecer un bosque encantado.

Un atardecer anodino se escondía entre nubes, tras las montañas, cuando tomé la primera curva. Me faltaban aún venticinco para encontrarme frente a la casa que presentía con las luces abiertas y el humo saliendo de la chimenea, aunque apenas hacía frío y mamá, desde que se desprendió de las acciones de FECSA, se había vuelto tacañísima con la luz. La imaginada humareda, de un blanco denso, algodonoso, me retrotraía a las muelles vacaciones navideñas cuando todavía la finca se explotaba y el padre Estelrich celebraba maitines en la capilla. Una lluvia menuda comenzó a tejer melancólicas blondas sobre los cristales del coche mientras yo iba examinando de memoria viejas fotografías de aquella época que, curiosamente, ya no rechazaba como antes. Al contrario, las contemplaba gustosa y sin rubor, me dejaba invadir por la nostalgia. A medio camino las gotas se hicieron densas, magmáticas, violentas. Con la zozobra de que la tormenta me alcanzara de lleno antes de llegar a casa aceleré. Los faros sorprendieron los ojos inmóviles de una lechuza. La lluvia arreciaba y un viento de lobos, fuerte y hostil, desequilibraba, a rachas, el coche.

Conozco palmo a palmo los tres kilómetros de camino que separan la carretera de la *clastra* de la casa, en qué lugar termina la espesura del bosque y comienzan los bancales, en qué sitio el camino se cruza con el torrente o dónde crece

13

el único pino piñonero. Recuerdo con obstinada precisión qué panorama se divisa al salir de todas y cada una de las curvas y en qué ángulo de la última vuelta se divisan los muros de la finca, rodeados de árboles frutales. Conozco desde todas las estaciones, desde todas las horas del día, cada rincón de Son Gualba y por eso, por más que la lluvia cayera espesa y la visibilidad fuera casi nula, no puedo haberme equivocado en la medida del tiempo ni en la distancia.

El aguacero me obligaba a avanzar con lentitud. Reduje la marcha aún más porque entre la curva diez y la once se produce una pendiente muy pronunciada que resulta extremadamente peligrosa cuando se inunda, ya que el terraplén de la parte izquierda, sin ninguna valla de protección, parece a punto de ceder sobre el precipicio. Confieso que el pánico se iba apoderando de mi estado de ánimo. Al miedo por la tormenta se imponía otro peor. Tenía la vivísima impresión de que mi esfuerzo iba a resultar inútil, de que no podría regresar a casa a tiempo de abrazar a mi padre con vida, de que jamás sería posible una reconciliación definitiva.

El parabrisas no daba abasto sometido como estaba a una cortina tan densa que parecía tener también la intención de hundir el capó y el techo del coche. Violentamente, en la oscuridad se me impuso el rostro de mi padre en la agonía, afilado por la muerte. En el rictus amoratado de sus labios ya no cabrían ni los besos ni las palabras. En aquel instante lo hubiera dado todo para encontrarle igual que cuando me fui, por más que siguiera rechazándome.

Con todas mis fuerzas traté de exorcisar aquellas imágenes cambiándolas por otras mejores, como venía haciendo en las últimas horas y casi noté la mano fuerte de mi padre tomando suavemente mi manita de niña miedosa una tarde que el temporal nos cogió también en el bosque y pretendí escuchar de nuevo sus cuentos de hadas y encantamientos que después habría de recrear en mis libros y que nunca le oí terminar porque siempre me dormía cuando a la bruja mala se le comenzaban a torcer las cosas. Pero de nuevo la voz de mi madre me sustrajo al presente: «Tu padre está grave y pregunta por ti». Un bache demasiado violento casi me hizo perder el control del coche y al evitarlo con un equivocado frenazo brusco, calé el motor. Fue inútil volver a ponerlo en marcha. Lo intenté una, dos, tres, veinte, cincuenta veces sin ningún resultado. Al principio me respondía con un estertor agónico, luego ni eso. Con los puños cerrados descargué toda mi furia sobre el panel. El reloj marcaba las siete en punto. Fuera era noche cerrada. Implacable volvía a imponerse el rostro de mi padre moribundo. Intuía que sus ojos casi inexpresivos me buscaban por cada rincón del cuarto. Estaba totalmente convencida de que presentía mi presencia muy cerca y que quería hablarme. Magnetizada por su reclamo salí del coche y comencé a andar. La tierra se hundía bajo mis pies como si pisara sobre un lodozal. El ruido de las aguas del torrente me indicó que estaba sólo a un kilómetro de Son Gualba. Avanzaba con mucha dificultad, a tientas, intentando agarrarme a las ramas para vadear la torrentera pero a la vez tratando de evitar sus rasguños. De pronto, algo me hizo tropezar y caí al suelo. A duras penas logré levantarme. El tobillo me dolía terriblemente. Notaba como se iba hinchando aprisionado en la bota. Arrastrando la pierna izquierda conseguí avanzar unos metros y volví a caerme. Debí perder el sentido a causa del dolor.

No sé cuánto tiempo estuve en el suelo pero debió ser bastante porque al levantarme no estaba casi mojada. La lluvia había cesado por completo y el tobillo casi no me dolía. De lejos me llegaba el olor fresco, espirituoso de limones y mandarinas, diluido en un aire finísimo que apenas si movía las hojas de los árboles. La noche se había vuelto de una diafanidad turbadora. A la luz de una luna casi llena me di cuenta de que estaba muy cerca de casa, justo a punto de cruzar la primera verja, la que da al sendero, que, después de rodear el huerto de naranjos, conduce hasta el patio principal. Al abrirla gimieron los goznes pero ningún perro ladró. Las luces del primer piso, el único que habitaban ahora mis padres, estaban encendidas y salía humo de la chimenea del salón. Tan grande era la necesidad de llegar que no me paré a pensar en cómo finalmente había conseguido mi propósito. Al cruzar el patio, el aroma de las acerolas me impregnó todos los poros de la piel y olí con la misma intensidad que el día de mi partida. Durante diez años intenté encontrar este olor sin conseguirlo en todas las frutas posibles y ahora, finalmente, podía aspirarlo a mis anchas. Cuando me paré en el rellano las piernas me temblaban. No tuve que llamar porque la puerta estaba entreabierta. En la antesala nada había cambiado. Los sillones frailunos estaban milimétricamente adosados en su lugar exacto. Los cuadros con antepasados tétricos cubrían las paredes hasta el techo, como siempre, y como siempre los cobres brillaban sobre los arcones. Incluso las llaves que dejé al marchar permanecían sobre la misma bandeja. No pude reprimir cogerlas y las guardé en el bolsillo. Al entornar la puerta, el reloj de pared me recibió con una campanada. La voz de mi madre me llegó desde la cocina.

—María, ¿eres tú? ¡Qué alegría, hija! Me lo decía el corazón.

Y corrí a su lado. Nos abrazamos. La encontré igual. El tiempo había sido absolutamente considerado con ella. Tenía un aspecto inmejorable. Iba peinada, según su costumbre, con el pelo recogido y hasta llevaba el mismo traje azul de lanilla que el día que nos despedimos.

—¿Y papá?

—No sabes lo contento que va a ponerse. ¡Bernardo, Bernardo...! María está aquí, ha vuelto.

En el reloj sonó la última campanada. Eran las siete en punto igual que el día en que me marché.

—Ven, hija. Tu padre tiene la televisión demasiado alta y no nos oye. Como dicen que de hoy no pasa... Espera noticias.

Perpleja, incapaz de preguntar nada, seguí a mi madre al cuarto de estar. Mi padre, en efecto, veía tranquilamente la televisión. En un avance informativo el locutor con cara circunspecta aseguraba que «...la salud de su Excelencia el Jefe del Estado ha entrado en un estado crítico».

Rechacé con violencia, a arañazos, a mi madre y antes de que mi padre pudiera incorporarse de su sillón corrí hasta la puerta convencida de que ellos no existían, que eran únicamente las sombras proyectadas por mis deseos, los fantasmas que al anochecer volvían a ocupar las habitaciones que les pertenecieron, como ocupaban a menudo mi cabeza por más que nos separara una distancia de diez mil kilómetros y diez años de malos entendidos. Pero me equivoqué y cometí un error imperdonable. Fui temerosa hasta la cobardía, estúpidamente racional en un momento en que sólo los sentimientos deberían de haber contado, incapaz de aceptar que los milagros existen fuera de las leyendas y que el deseo tiene fuerza suficiente, más allá de los cuentos, para otorgarnos lo imposible. Sin duda, si hubiera aceptado lo que ocurría integrándome con normalidad a un atardecer de diez años antes, mi padre hubiera muerto diez años después y mi madre tendría mucha más vida por delante. Pero me negué y sobrevino la catástrofe.

Mi padre murió una hora después de mi llegada a Palma sobre las siete de la tarde cuando a mí el dolor me dejó inconsciente sobre el camino enfangado. El médico insiste en que todo lo que me sucedió luego fue producto de una alucinación mía y que por desgracia no llegué a pisar Son Gualba, por mucho que le enseño las llaves —mis llaves— que tomé de la bandeja y le asegure que mi madre me observa en silencio y con hostilidad mientras persigue con el dedo índice las marcas de unos arañazos inexplicables sobre su mejilla izquierda.

Roma, primavera de 1989

Letra de ángel

Mi niña querida, mi princesa, con esa letra de ángel... ¿Por qué me has hecho eso? Bruja, mala pécora, zorra. Yo nunca te engañé. Soy pobre y viejo, ya lo sabías. Te lo escribí. Sin un duro. Jubilado y solo desde que la mujer se me murió. Te has reído de mí. Todos se han reído de mí... Pero ¿adónde irá con este brazalete de luto y esta cesta con un asa rota y una rosa? Mira, ya está pocha. Claro, no es de oro, no dura siempre. Tenía unas gotas de rocío cuando la corté. La mejor de Tortosa, roja como las barras de la *senyera*. ¿No me hablabas siempre de Cataluña, ¿eh? Una máquina... ¡Por favor! ¡A mí con ésas! Lo que ocurre es que eres fea, con la cara comida de viruelas, das asco. Y no sirves más que para escribir cartas. Por eso no has querido verme... Dos estaciones, sólo faltan dos. ¡Dios mío, los huevos! Prefiero no mover la cesta, ni levantarla. Habrá manchado la tapicería y si pasa el revisor, me multará. Huevos de mis ponedoras para vd., señorita Olga, porque vd. es mi amiga. Acéptelos, por favor —le hubiera dicho, inclinándome un poco—. No me lo explico. ¿Por qué? ¿Qué te he hecho yo para que me hayas enredado de ese modo, para engañarme? Por favor, sólo será un segundo, déjenme pasar, un segundo. Saludarla y marcharme. Pero ellos: «Vd. está en un error, señor. Se confunde. Esta señorita no existe». «¿Cómo no va a existir, si yo me carteo con ella? Si la conozco por carta, si incluso somos algo parientes. Olga Macià... Avísela, por favor, ella me espera. Yo le aseguré que vendría... ¿La cesta? No, nada, unos regalitos para ella. Nada importante, una rosa de mi jardín, dos docenas de huevos de toda confianza.» Es poco. Ella debía suponer que yo le compraría una joya, una rosa de oro. ¿Y de dónde puedo sacar yo el dinero? Pobre de mí... ¿De dónde, eh? Todas son iguales: interesadas, mentirosas... Pero si ya sabías, Olga, que yo no tengo dónde caerme muerto ¡Qué cosas te pasan, Ramón!, diría mi mujer, pobrecilla, si lo supiera. Mira que a tus años... ¡Pues claro que te han tomado el pelo! Vamos a ver, ¿para qué necesitabas otro despertador, eh? Parece que la oigo. Me vio tan ilusionado la pobrecilla... El despertador. «Rosa de Abril, Morena de la Serra.» Mi princesa, con esta letra de ángel... Porque todo podría parecer un invento mío, si no fuera por el montón de cartas que tengo aquí, en el bolsillo. «Mire vd., señorita. ¿Y estas cartas? Ande, compruebe, dése cuenta. También traigo una copia de las mías. Yo no pude ir mucho tiempo a la escuela y por eso me cuesta escribir. Vea, vea los borradores.» Y ella con un ataque de risa y venga a reírse...

Don Ramón Vendrell Macià
C/ Esperanza, 20
Tortosa

Barcelona, 7 de enero de 1987

Estimado amigo: Me dirijo a vd. porque me consta que es una persona a quien le interesa la Cultura Catalana y que en más de una ocasión ha demostrado su patriotismo.

Sé también que es una persona generosa dispuesta a colaborar en la tarea de normalización lingüística, asunto importantísimo para Cataluña, que nos afecta a todos, no sólo a las Instituciones.

Es por esto por lo que quiero ofrecerle la posibilidad de adquirir con un estupendo descuento *La Gran Historia de la Sardana* en tres volúmenes.

Una obra escrita, precisamente pensando en personas como vd., por importantes especialistas. Una obra que pone la historia de nuestra danza nacional a la altura de las danzas de los demás pueblos de Europa, a la vez que constituye un documento sin par para la difusión de la danza más antigua de todas las danzas que *es fan i es desfan.*

23

Tres volúmenes, lujosamente encuadernados en piel con cantos dorados que incluyen cien ilustraciones hacen de *La Gran Historia de la Sardana* un libro imprescindible.

Si busca un regalo para los suyos, compre *La Gran Historia de la Sardana* y le satisfará plenamente. Y si prefiere darse un pequeño gusto, regáleselo a usted mismo. Nadie se lo agradecerá tanto.

Nuestra oferta pone a su disposición la posibilidad de adquirir, por la mitad de su valor, 9.900 pesetas, los tres volúmenes, cuyo precio en el mercado librero sería de 18.980. Al recibir el primer volumen, usted paga únicamente el primer plazo: 3.330 pesetas. Las 6.600 pesetas restantes las abonará cuando reciba, en un par de meses, los otros dos volúmenes.

Mándenos sin dilación el boletín de pedido, con sus datos debidamente cumplimentados, y a vuelta de correo, le remitiremos el primer volumen que usted puede pagar contra reembolso.

Reciba mis saludos amistosos.

OLGA MACIÀ

P.D. Si recibimos su respuesta afirmativa antes de siete días, será usted obsequiado con una reproducción de la estatua de la Virgen de Montserrat.

Estimada amiga: Me hizo mucha ilusión su carta. ¿Por qué pensó en mí? Hacía mucho tiempo que nadie me escribía. Mucho. Desde que murió mi hermano de la Argentina; casi diez años. Gracias, guapa. Dígame ¿cómo sabe que soy una persona generosa? ¿Y catalana de pura cepa, eh? El mundo es muy pequeño y da muchas vueltas, ¿verdad? ¿No resultará que usted es hija de mi primo Pere? Herrero como yo, el pobre. Se quedó en Francia, pero le recuerdo mucho, poque estuvimos juntos en Argelers.

Le mando la carta de respuesta hoy mismo. No hace ni una hora que ha pasado el cartero. Así usted podrá mandarme la Virgen de Montserrat. Aquí dice que quien se da prisa en contestar recibe un regalo.

La Gran Historia de la Sardana no puedo comprarla. ¡Qué más quisiera! Si tengo quince mil pesetas de jubilación y somos dos bocas, yo y mi mujer, los dos con achaques. ¡Ya lo creo que me gustaría!

Yo me exilié por defender mis ideas y a pie, con los zapatos rotos, no en coche como otros, pasé la frontera el 26, de madrugada.

Cuando me conteste, me dice si se llama Pere su padre y me manda la Virgen de Montserrat. Ya se lo he dicho a mi mujer y le hace mucha ilusión.

Que lo pase bien, guapa. Y se encuentre bien de salud. Reciba un saludo y salude de mi parte

a sus padres y demás familia, si la tiene. Aunque yo no los conozca, les deseo salud.
Salud.

RAMÓN VENDRELL

Señor Don Ramón Vendrell Macià
C/ Esperanza, 20
Tortosa

Barcelona, 20 de febrero de 1987

Estimado señor: Déjeme robarle unos segundos de su valioso tiempo y permítame entrar, por unos instantes tan sólo, en la intimidad de su hogar.

Quiero aprovechar esta ocasión para ofrecerle una posibilidad magnífica, la compra de un estupendo reloj despertador que le hará abrir los ojos con la inolvidable melodía del *Cant dels Segadors*.

Ésta es una oferta limitadísima que sólo podemos ofrecer a las personas que, como usted, aman Cataluña y su música.

El precio de venta del despertador es de 4.500 pesetas, que usted puede pagar en dos cómodos plazos, el primero al hacer la solicitud, mediante talón bancario o contra reembolso, y el segundo al recibir el despertador. Si además quiere usted despertarse el domingo con las notas armoniosas del *Virolai*, podemos ofrecerle también esa bella posibilidad, si nos abona un suplemento de 1.000 pesetas.

Mándenos sin falta, hoy mismo, el boletín adjunto con los datos que le solicitamos y nosotros le mandaremos el despertador contra reembolso.

Esta oferta sólo es válida hasta el 5 de marzo.

Reciba mi sincera amistad.

OLGA MACIÀ

P.D. Le espera una preciosa sorpresa que le remitiremos junto al despertador, si nos contesta afirmativamente antes de siete días.

Tortosa, 28 de febrero de 1987

Querida señorita Olga: Pensé que tal vez su contestación a mi primera carta, que contestaba a la suya del 7 de enero, se habría perdido. Es raro que usted, que escribe tan bien y que me conoce —al menos esto parece—, no haya querido contestarme. Tal vez ha tenido trabajo. Usted ahí andará con mucha faena, supongo. Yo, ya se lo dije, estoy jubilado desde hace siete años. Tengo setenta y ocho. Bueno, casi setenta y nueve. Me entretengo en una huertecilla en la que siembro lo que comemos. Ahora con las heladas todo se ha ido a la m..., con perdón. ¡Qué vamos a hacerle!

Su carta de hoy me ha hecho pensar que, a pesar de que usted lo que quiere es venderme el despertador, no me ha olvidado del todo.

Mire, no tengo un chavo, talmente. Pero no

27

fumo. El médico dice que tengo los bronquios fatal. Desde hace tres años vengo ahorrando el dinero del tabaco y lo tengo metido en una hucha. Mi mujer no sabe nada. Son 2.000 duros. Puedo gastarme las 5.500 pesetas del despertador, si esto la hace a usted feliz.

Oiga, lo que a mí me gustaría saber es cómo ha averiguado que me gusta la sardana. O usted es bruja, cosa que no creo —con esta letra tan preciosa es imposible—, o aquí hay gato encerrado. Yo fui muy aficionado a bailar sardanas. Incluso actué en un grupo sardanístico, y cuando estuve en Argelers las enseñé a bailar a otros compañeros de Madrid.

Supongo que esta vez llegaré a tiempo del regalo sorpresa. ¿Qué pasó con la Virgen de Montserrat? Yo le contesté en seguida. ¿Se perdió la carta?

Le recuerdo, antes de despedirme, que sólo me interesa el despertador, si usted me contesta personalmente.

Reciba un saludo amistoso de su s.s. que b.s.m.

RAMÓN VENDRELL

P.D. Dígame si somos parientes, cuando me mande el despertador, y salude a su familia de mi parte. Mi mujer también le envía saludos.

Estimada amiga, señorita Olga: Ayer fui a la oficina de correos a buscar el despertador. En el paquete, en una cajita, había también una reproducción en plástico —materia que no me gusta mucho— de la Virgen de Montserrat. Éste es el primer regalo, ¿no? Entonces, ¿y la sorpresa? Tampoco encontré ninguna carta suya, señorita Olga. Yo creía que, por lo menos, esta vez me habría contestado. Tenía muchas ganas. Desde que me escribió la primera carta, he tenido mucho tiempo para imaginarla y pensar dónde nos habíamos conocido usted y yo, o quién le había dado mis señas. He pensado mucho en usted. A veces me la he imaginado morena y otras, rubia.

La verdad es que antes de ponerme a escribir, pienso mucho lo que quiero decirle. Yo sólo fui a la escuela hasta los doce años. Todo lo que aprendí, que es poco, lo aprendí después. Tal vez si supiera más de letras me expresaría mejor. Antes de enviarle la carta, hago muchas pruebas y escojo la que me queda mejor.

Señorita Olga, yo necesito que una persona como usted, que escribe estas cartas tan bien escritas, que parece como si estuvieran impresas en el taller de los ángeles y dice todas estas cosas tan bonitas, usted que ama Cataluña, que sea amiga mía. No quiero nada feo, no. ¡Faltaría! A mis años, ¡quiá! Sólo que me escriba a menudo y que me permita ir a verla al menos un par de veces al año.

Tengo la impresión de que usted y yo somos

parientes. No me ha dicho si su padre se llamaba Pere Macià. Si así fuera, usted y yo seríamos parientes, como ya le dije.

Amiga mía, le anuncio que, aunque no me conteste, el próximo día 28 pienso ir a Barcelona. Necesito verla.

Atentamente.

RAMÓN VENDRELL

Sr. D. Ramón Vendrell Macià
C/ Esperanza, 20
Tortosa

Barcelona, 30 de marzo de 1987

Estimado amigo: Me dirijo nuevamente a usted, que es amante de las tradiciones catalanas, para desearle por adelantado un feliz día de Sant Jordi, a la vez que aprovecho para describirle las maravillosas ventajas de nuestra rosa perenne, la única rosa que jamás se marchita. Una rosa que vd. querrá ver lucir sobre el escote de la mujer amada o lucirá usted mismo en el ojal.

La rosa es, sin duda, la flor de las flores que los catalanes hemos convertido en símbolo: los enamorados la regalan como expresión de sus sentimientos el día de Sant Jordi. Estamos seguros de que usted a lo largo de su vida, cada año, el 23 de abril se la ha ofrecido puntualmente a su persona amada, aunque a veces haya tenido que pagarla a precio de oro, para contemplar, pocas horas después, con tristeza, cómo se marchitaba.

Nosotros queremos ofrecerle una rosa de oro casi al precio de una rosa natural —incluso en proporción más barata— ya que la nuestra es una rosa perenne. Nosotros le ofrecemos la posibilidad de eternizar en oro de 18 quilates, engastado con finísimos rubíes, la rosa de Sant Jordi, la más catalana de todas las rosas, ya que el trabajo de nuestros orfebres ha hecho posible que los pétalos reprodujeran los colores amarillo y rojo de nuestra *senyera*.

Ahora tiene, amigo, la oportunidad maravillosa de poder comprar la rosa perenne por un precio verdaderamente módico: 27.549 pesetas, que puede pagar en dos cómodos plazos. El primero, cuando nos la encargue, y el segundo, cuando la reciba en su casa o en la oficina de correos contra reembolso.

Además, como regalo recibirá también un libro sobre las Comarcas Catalanas, tema que, nos consta, es de su interés.

Recuerde que el oro y las piedras preciosas tienen un valor que va siempre en aumento especialmente hoy, en el tiempo de crisis económica que nos toca vivir.

Animándole a que se decida a hacer esta ventajosa inversión y a continuar luchando por nuestras tradiciones catalanas, le saluda cordialmente.

OLGA MACIÀ

P.D. Ésta es nuestra última oferta hasta septiembre.

31

Tortosa, 5 de abril de 1987

Estimada amiga mía Olga: El día 28 no pude ir a Barcelona. La mujer se me murió el 25. Justo la acababa de enterrar, la pobrecilla y a ella no le hubiera gustado que, en seguida, me fuera a verla a usted. Es por esto que le dije, estando de cuerpo presente: «Mercè, no iré, estate tranquila».

Hoy, día 5 de abril, me ha llegado su carta. Lo que no entiendo, Olga, es que si a vd. no le cuesta nada escribir, si escribe usted como los ángeles, ¿por qué no me contesta a lo que le pregunto? ¿Se llamaba o no se llamaba Pere el padre de usted? ¿Es rubia o morena usted?

Siento no tener el dinero; 27.549 pesetillas son muchas para un pobre jubilado como yo. ¡Que yo no puedo permitirme un gasto tan grande! Además, ¿a quién le podría regalar yo esta joya? Mi mujer, pobrecilla, me ha dejado, Dios la tenga en su gloria. Que de verdad, de verdad se la merezca, sólo conozco a una persona, una chica de alma de princesa y letra de ángel... ¡Si tuviera dinero!

Amiga mía, me gustaría poner el despertador cada hora, pero temo que se me estropee. Lo pongo sólo los domingos.

«Rosa d'abril, morena de la Serra». Oyendo el *Virolai* la llamo princesa mía y ahora que mi mujer ha muerto, puedo decírselo, no la olvido, rosa mía.

Olga, no puedo esperar más, necesito conocerla. Usted me dice que ahora hasta septiembre no volverá a escribir. Iré a verla el día de Sant Jordi. Le llevaré una sorpresa y una rosa. La rosa más bella de todo Tortosa, para usted. Espéreme en su oficina a las 11 en punto, por favor.

Hasta muy pronto. La saluda s.s.s.q.b.s.m.

RAMÓN VENDRELL

Por mucho que las leo y releo no encuentro nada gracioso. Y ella soltando una carcajada descomunal. ¿Tanta risa pueden dar mis cartas? ¿Hay algo de malo en escribir respetuosamente a una señorita? Yo nunca puse nada ofensivo. No pedí nada que no fuera justo. Deseaba sólo que siguiera escribiéndome para que el cartero no pasara de largo y explicarle mis cosas, reina mía, mi princesa, sin ofender ni molestar. Eso sí, ¿por qué me escogiste, eh? ¿Por qué a mí? Hurgaste en mi pasado, te contaron lo de mi lucha por Cataluña. Qué excusa tan tonta, Olga. ¿Sabes lo que me han dicho? Me han dicho que la lista te la pasó la *Caixa,* allí donde voy a cobrar la jubilación porque pensaban ampliar la campaña publicitaria entre los jubilados. «No tiene nada de extraño, señor Vendrell —me ha dicho amablemente el director—. Igual que a usted se lo hemos enviado a muchas otras personas. Somos muchos los que amamos Cataluña.» Y yo que me imaginaba, Olga, que me habías escogido a mí porque alguien, algún amigo común, te había hablado de mí y que si se me seleccionaba era para agradecerme lo que yo, en mi modestia, hice por mi Patria. ¡Por Dios, a un hombre de mi edad no se le gastan estas bromas!

Zorra, mala pécora, ¿por qué no has querido verme? Bruja, cara de sapo. Mentirosa. Mentirosa tú y los de tu oficina. ¿Cómo quieres que me crea que no existes? Que nunca has existido, Olga Macià, parienta mía, sobrina mía, hija de mi primo Perot. «No, no existe señor Vendrell; de verdad, no le estamos engañando. Olga Macià es un nombre supuesto. Las cartas las escribe un ordenador, una máquina. Olga no es nadie, se lo juro. Si quiere usted descansar un rato y tomar un refresco, Catalanitat S.A. tendrá mucho gusto en invitarle...»

Olga, Olga, porque soy viejo y pobre, por eso no has querido verme. Y eso no es justo y tú lo sabes, princesa mía. Te lo escribí: setenta y nueve años de aquí a tres días. Y mira, si llegas a salir, a ser amable, tal vez... Mi mujer era muy ahorradora. Cuando murió encontré veinte mil duros en un escondrijo. Pero ahora no. De ningún modo. Ni que me vuelvas a escribir no pienso hacerte caso. Ningún caso. Ya no tendrás ninguna rosa de oro, por lo menos comprada por mí... No, princesa, por mucho que vuelvas a embaucarme con tu letra de ángel. Ni siquiera de las que se marchitan, como ésta que te traía. Zorra, bruja, ¿por qué me has hecho esto, por qué?

Barcelona, abril de 1984

34

Mon semblable, mon frère

Para Gonzalo Torrente Ballester,
que me invitó a bailar.

Acabo de leer en el periódico un relato de Juan José Millás titulado «El pequeño cadáver de R.J.». No quiero, a tenor de este hecho, demorar este informe ni un día más. A punto estuve ya el año pasado, cuando aquella joven y estúpida profesora publicó su tesis doctoral, llena de soporíferas falsedades sobre Rafael, de espetarles a todos cuanto sé. Si callé entonces, fue por no verme metido en un escándalo en vísperas de mi Antológica en Madrid. Y creo que hice bien. Quizá, de descubrirse antes el pastel —y no lo digo en sentido figurado porque yo estuve con las manos en la masa—, no me hubieran dado el Premio Nacional de Artes Plásticas. En el jurado estaba precisamente el poderoso Luis Recasens, primo hermano de Rafael y gran admirador de su obra.

El premio —qué duda cabe— me llegó tarde, pero sirvió para despertar la curiosidad de mis compatriotas hacia mi pintura, mucho más valorada en el extranjero, y aumentó mi cotización. Pude tomarme unos meses de vanidad pagada. En pintura, que es lo que en el fondo me importa, no soy ni el maestro ni el discípulo de Rafael. Ni le sobrevivo, póstumo. Sigo trabajando y con empuje, pese a mi edad...

La verdad es que a Millás le han informado mal, pero aun así es del todo cierto que tanto Rafael como yo podríamos reconocernos fácilmente en su relato. Aunque yo no me despedí de Rafael. Ni fui a verle amortajado cuando su cadáver, en un ataúd recubierto con la *senyera*, fue expuesto al morbo popular. Me enteré de su suicidio con retraso y no por el hecho de que en Calatayud, donde me encontraba, no se reciba prensa nacional, sino porque aquel día tampoco pude leer el *Gran Diario* que, a bombo y platillo, publicó la noticia. Pero sé perfectamente la hora en que murió e incluso en qué momento entró en la agonía. Fue de madrugada, hacia las tres. A las 5.30 todo había acabado. A esta hora me ingresaban de urgencias en el hospital comarcal de Calatayud con una perforación de estómago que al principio parecía irreversible. Literalmente creí que me iba. A fuerza de transfusiones consiguieron salvarme. Por suerte mi grupo sanguíneo es el más corriente y el hospital tiene muchos donantes entre los parados.

Estoy vivo gracias, por tanto, a la escasez de subsidios, cosa rara en esta zona, que es por lo demás bastante rica. Convalecí casi una semana en Calatayud y al regresar a Barcelona, tras un relativo éxito de ventas en la sala de exposiciones de la Caja Rural de Aragón y de La Rioja, me enteré de la muerte de Rafael. Fue un hachazo brutal. Pese a nuestro distanciamiento, me pareció que me habían partido en dos.

Por lo demás, Millás no es el primero en meter baza. El primero fue Bonomini en *Historias secretas*, pero el libro se vendió únicamente en Argentina, hace casi cinco años, poco después de la muerte de Rafael. Entonces no sospeché, pese a que me lo enviaron con «atentos saludos de la editora», que *Autorretratos* podía ser el origen de una maniobra esclarecedora, orquestada a mi favor, por supuesto. Al contrario, lo creí fruto del azar. En mí, como en tantos otros y de modo especial en los artistas, existen infinitas posibilidades.

En realidad, sólo somos algunos de cuantos pudimos llegar a ser, de manera que mi historia y la de Rafael podía habitar también la mente de Ángel Bonomini sin ser la misma. Además, yo recibo muchos libros de Hispanoamérica, desde que estuve allí. Algunos editores, con los que trabé relación, por ser amigos de amigos, tuvieron la gentileza —que Rafael hubiera calificado de desfachatez— de apuntar mi nombre en las listas de favor y me invaden periódicamente con sus mamotretos, que me apresuro a vender a un librero de lance. A la seguridad de que nuevos libros, a estas alturas de la edad, no van a depararme ninguna sorpresa, se une la falta de espacio del taller que es también mi vivienda. El libro de Bonomini me atrajo sin que acertara a explicarme el motivo. Quizá fue el grabado, una pequeña viñeta que se reproduce en la parte inferior de la cubierta y en la que cinco caballos, dos de ellos bicéfalos, perfectamente siameses, transforman sus crines en raíces o quizá son unas raíces las que se convierten en crines. Siempre me han interesado las metamorfosis y sobre ellas yo mismo he hecho cartones. De manera que me lo quedé. Tardé aún varios meses en leerlo.

Me consta que Millás tiene conexiones con Argentina. Quizá también recibió el libro «con atentos saludos», porque no hay duda de que su relato se inspira en él. A lo mejor Bonomini lo escribió con la intención de levantar la veda y de obligarme por fin a intervenir. Con él, que es un escritor notable —lean sino *Historias secretas*— no tuve trato alguno pero pudo conocer, por persona interpuesta, mi relación con Rafael.

El teléfono suena sin parar desde que esta mañana me despertó. Quizá sea Valbuena. Si ha leído *El pequeño cadáver*, querrá verme de inmediato, temeroso de que haya sido yo quien haya puesto en marcha la operación. O tal vez sea Enrique con un ataque de histeria. «Me juraste, por la memoria de Rafael, que guardarías silencio.» Le temo. Temo la escena con llantina incluida. Los viudos cuando son viudas, son mucho más fieles aún que éstas. No pienso contestar, que se jodan. No al menos hasta que haya terminado de redactar este informe.

La relativa facilidad poética se me embota en la punta de la pluma cuando prosifico, cuando *pontifico*, hubiera terciado Rafael, siempre metido en *circuncisiones*... Precisamente él solía aconsejarme, sin convencerme, de que escribiera prosa. Jamás le hice caso, ni siquiera cuando insistió, pesadísimo, en escribir una novela en comandita y por el procedimiento bilingüe.

Creo que ha llegado la hora —querido Enrique, la palabra dada está a veces para ser devuelta— de que sea yo quien diga la última a quienes pretenden tirar las primeras piedras, antes de que críticos y profesores de tres al cuarto acudan como carroñeros al suculento festín de la putrefacción.

Trabé amistad con Rafael a mediados de los cincuenta, pero ni él ni yo pudimos recordar quién nos presentó ni dónde nos conocimos, aunque probablemente fuera en la misma Facultad, en las tertulias que se organizaban después de las clases. Lo que sí sé es que no éramos del mismo curso y que durante mucho tiempo sólo nos conocíamos de vista aunque nos saludábamos cuando nos encontrábamos por la calle. Su aspecto arrogante, su petulancia y un cierto aire de familia, como de hermano mayor y más guapo, me lo hacían profundamente antipático. Luego supe que a él le ocurría conmigo algo parecido.

Fue en los Seminarios dictados por el profesor Canals, precisamente en el año de su llegada, 1956, a los que podíamos asistir también los alumnos de cuarto, cuando iniciamos una relación que pronto superaría los límites de lo académico para inmiscuirse también en lo privado. Rafael y yo nos convertimos en inseparables a finales del curso 1956-1957. Recuerdo todavía vívidamente nuestros paseos nocturnos por el barrio húmedo, recalando en infinidad de tugurios donde incluso llegamos a hacer amigos. Recuerdo las madrugadas regadísimas, de vuelta yo a mi casa y él a su residencia, felices y tambaleantes, hirviéndonos la cabeza cargada de alcohol y de proyectos. Precisamente aquel año —el último que yo había de pasar en Barcelona y el último de la carrera de Rafael— Canals había de proponerle como ayudante, con la esperanza de conseguirle una beca con la que pudiera dedicarse a la investigación. Todo hacía sospechar que Rafael tendría un brillantísimo futuro académico, y con el padrinazgo de Canals podría opositar a cátedras con muchas garantías de éxito. A mí tampoco la suerte parecía serme hostil, aunque mis padres no se tomaban demasiado en serio mis veleidades artísticas. Mi familia, a diferencia de la de Rafael, pertenecía a los vencedores y era rica, lo que si bien me producía cierto ardor de conciencia y algún que otro retortijón, facilitaba mucho el porvenir. Conseguí sin demasiados ruegos, ya en junio, la promesa de que me dejarían preparar el último curso por libre, tomando clases primero en la Sorbona y luego en Oxford.

El verano de 1957 fue el primero que pasamos juntos en la finca que mis padres tenían en la provincia de Tarragona. Si consigno este hecho es por la importancia que en el futuro tendría para los dos. El contacto diario fue, sin duda, decisivo para que yo, sin abandonar mis deseos de ser pintor, me interesara en serio por la literatura. Rafael debió contagiarme su entusiasmo. Él quería a toda costa ser escritor. Escribía, aunque no me lo había dicho hasta entonces, desde pequeño, cuando todavía vivía en Narbonne, a donde sus padres se habían trasladado al estallar la guerra y desde donde volverían a mediados de los cuarenta para que sus hijos pudieran educarse en contacto directo con la lengua de sus antepasados. Esa fidelidad lingüística de los señores Recasens i Collbató, por otra parte tan encomiable, iba a resultar decisiva, ¡qué cosas tiene la vida!, en mi relación posterior con Rafael y, por descontado, en nuestras carreras literarias.

Sus poemas, a los que sólo tuve acceso a mitad de julio, eran de una perfección y de una brillantez insólitas, pero no estaban escritos en catalán, como era esperable, sino en francés, en un francés estupendo, de auténtico *connaisseur*, que era capaz de recrear hasta el giro más genuino, perfectamente escandidos, y se parecían a *Les tableaux parisiens* de Baudelaire. Fue el mejor cumplido que pude dedicarle, porque su intención, al parecer, no era otra que irle a la zaga, hasta llegar a poder ser confundido con él. La verdad es que Rafael era ya, por entonces, bastante excéntrico. Sus gustos en materia literaria, distintos a los de la inmensa mayoría, que no pasaba de Antonio Machado, Lorca o Carles Riba, solían coincidir con los míos, quizá, porque yo también desde niño había sentido una gran afición por la lectura, activada, como en su caso, por una tuberculosis padecida en el momento oportuno, en pleno fervor literario, eso es, en la primera adolescencia.

Por el mero placer de halagarle, comencé en secreto a traducir sus poemas al catalán. Recuerdo que el día de su cumpleaños, el 25 de agosto, le regalé un cuaderno de tapas grises con mis versiones de sus textos también ilustrados por mí. Y recuerdo también lo que a estas alturas de mi vida, ya de vuelta de tantas cosas, no deja de sobrecogerme —la presión de su mano grande y nervuda en mi hombro, justo en el tendón—. A Rafael le gustaron mucho mis traducciones. Probó incluso emularlas y lo dejó correr. Me felicitó doblemente. No sólo mis versiones eran insuperables —había conseguido, dijo, el tono justo, el tempo adecuado y la expresión exacta— sino que denotaban una gran capacidad poética. En cuanto a él, no había duda de que debía escribir en catalán. Por primera vez, al leer mis traducciones, no lamentaba que su familia se hubiera obstinado en regresar, privándole de *les délices de la France*.

A mediados de septiembre, antes de volver a Barcelona, Rafael me obsequió con una serie de poemas catalanes. Me los dedicaba. Me parecieron ejercicios de aprendiz, faltos del menor aliento, pura mampostería. ¡Ojalá nunca le hubiera confesado mi desencanto! Rafael se marchó aquella misma tarde de Altafulla, sin decir adiós ni siquiera a mi madre.

En octubre, antes de mi viaje a París, recibí una breve carta. Me pedía disculpas por su despedida a la francesa y aludía a su dependencia lingüística. Añadía una obscenidad sobre el morbo gálico y me animaba a escribir. No le contesté. Antes de mi marcha, pasé por su residencia, pero ya no vivía allí. En la facultad, Canals me dijo que había acudido a Lérida a ver a los suyos, porque su madre estaba gravemente enferma.

Por Navidad, mi padre me remitió una carta suya kilométrica. Era todo un balance. Confesión. Dolor de contrición. Propósito de enmienda para el nuevo año, etc. A finales de mayo, a punto de regresar a Barcelona, me llegó a Oxford un ejemplar de los poemas franceses de Rafael traducidos por mí al catalán. Rafael no consignaba en ninguna parte que la versión catalana fuera mía y nada se decía tampoco de la primitiva composición en francés. En una escueta nota me llamaba «Mi querido José Joaquín» y me aseguraba que había encontrado en Canals el más firme valedor de su obra. Le contesté sin mostrar enfado y le llamé, claro, Fernán en vez de Rafael. Aludí también, de pasada, a las muchas plumas de la *Gaviota*. Todavía años después, cuando los demás estaban demasiado borrachos para inmiscuirse, él y yo discutíamos acaloradamente sobre el pájaro.

Nací a la literatura como traductor en una lengua que si no me es desconocida, todo lo contrario, nunca he sentido como propia y que, no obstante, me parece mucho más idónea para la poesía. La mía, el castellano, es demasiado dura, carece de vocales neutras, lo que le hace perder posibilidades, musicalidad, e incluye palabras demasiado largas, de cuerpo excesivamente pesado. De todo esto hablábamos a menudo Rafael y yo, especialmente a mi regreso de Oxford, cuando nuestro *L'ou com balla*, que había conocido dos ediciones —algo insólito en poesía, y más en aquel contexto de persecución lingüística y grisura lírica—, había convertido a Rafael, a sus veintipocos años, en un joven maestro. Fue entonces cuando, estimulado por mi propio éxito —era mi versión catalana y no la de Rafael, por mucho que el libro hubiera sido escrito en su francés y no en el mío— intenté a mi vez escribir. Comencé a componer un libro de poemas, *Extrarradios*, en castellano, animado por Rafael. Él mismo, contrariamente a lo que yo imaginaba, me persuadió de que permaneciera fiel a mi lengua de origen. Siempre he supuesto que en su recomendación había mucho de egoísmo, de miedo a que en catalán pudiera hacerle sombra. Apeló incluso a mi parentesco con Campoamor, a mis raíces, y añadió, como si este argumento fuera el definitivo, que las posibilidades de lectores, de un público amplio, bien valían una decisión a favor del castellano. ¡Ojalá él pudiera estar en mi lugar y no tener que seguir fiel al idioma de sus padres! Sus palabras me parecieron de un cinismo absolutamente refinado. Pero Rafael era así y preferí no discutir.

Publiqué, pues, mi primer libro de poemas *Extrarradios* en 1961, y pasó con más pena que gloria. Sólo una reseña de Rafael en una revista literaria de provincias, controlada desde lejos por el eximio Canals, lo valoraba convenientemente. Al cabo de un año, el editor —Cortada por más señas— antes de saldarlo me envió una carta asegurándome que de los 750 ejemplares de tirada se habían vendido 50. Con los 700 restantes —bueno, exactamente con 688— Rafael, Valbuena y yo hicimos una pira funeraria ante el muelle griego de Ampurias una noche de luna llena.

Decidí dedicarme por entero a la pintura. Había perdido demasiadas horas en la morosa composición de las dos suites que forman el libro y que yo consideraba buenas. Al menos, aprovechaba la lección aprendida en Inglaterra de los poetas treintinos, algo insólito por estos pagos, todavía únicamente pendientes de la poesía española y cerrados a las corrientes de renovación europeas. Debo descontar, pues sino no sería justo, a Recasens, que *fan* absoluto de Baudelaire, había llegado a Eliot a través de la admiración común por el *semblable* parisién.

La verdad es que a estas alturas no sé si mi descubrimiento de Eliot fue anterior o posterior al suyo, ni tampoco quién de los dos se tomó la molestia de extraer de *The Waste Lande* todos los jugos aprovechables. Sólo sé que los poemas de Rafael que habían de integrar *Aigua passada*, aparecidos en 1962, fueron compuestos directamente en catalán con versos prestados, versos de desecho de *Extrarradios*, libro que él, naturalmente, se encargó de corregir antes de ir a la imprenta. Este hecho me distanció de Rafael, aunque fui incapaz, por un extraño pudor, de presentarle reclamación alguna o acusarle de usurpación. Simplemente, dejé de frecuentarle. No fue difícil. Me dediqué a pintar. Valbuena, amigo sobre todo de Rafael, quiso reconciliarnos. Pero para Venancio, que sí sabía de mi versión de *L'ou com balla*, nuestra riña estaba motivada por una cuestión de celos profesionales. Le conté la verdad. No me creyó. Al contrario, pensó que *Aigua passada*, aunque de composición algo más tardía, había influido en *Extrarradios*, pero no al revés.

Con *Aigua passada* los críticos y ahora ya los manualistas —la obra de Rafael se estudia junto a la de Ausiàs March y Espriu en el bachillerato— suelen señalar el inicio de una segunda etapa a la que siguen diez años de inexplicable silencio que ningún estudioso ha conseguido poner en claro y del que yo, no obstante, creo tener la clave. Consignan sólo que Rafael se dedicó algún tiempo, sin éxito, a la pintura, aparte de seguir con sus clases en la Universidad.

Me parece que le veo entrar con la cabeza gacha en el estudio una tarde del 64, con la excusa de no sé qué cónclave político. Así, con el aire un poco derrotado, y aquel rictus un tanto cadavérico, lo pinté días después ante un espejo en el que también se reflejaba mi propio rostro pintándolo —Bonomini había de recordar eso en su *Autorretratos*, no me cabe duda—. Y en nuestras caras, en nuestros rasgos traté de plasmar el parecido que los años habían de acentuar aún más. Creo que mi cuadro le impresionó y no por su calidad —que me parece haber conseguido allí— sino por la atmósfera, por esa mezcla de afecto y desprecio, de rabia y cariño, de agresividad y confianza con que nos miramos. «Como si no fuéramos más que uno mismo», me espetó de repente, y se fue. Volvió al cabo de unos días y me pidió que le dejara un sitio donde plantar su caballete. Rafael embadurnaba telas o copiaba mis trazos. No había en él ningún atisbo de originalidad. Pronto lo dejó. Luego, durante una época, solía aparecer a la caída de la tarde para tomar copas o cenar con otros amigos poetas y críticos catalanes de su cuerda, ante quienes me exhibía y se exhibía, todo brillo y fulgor. De esta etapa datan sus raptos poéticos en forma de espinelas que, como pullas, me veía en la obligación de continuar, jaleado por la concurrencia. De esta época son también mis mejores, nuestros mejores versos, ya que, nacidos al calor de la conversación y de las muchas copas, no sé a ciencia cierta si fueron suyos o míos, o si debo decir honestamente nuestros. Pero si sé que la facilidad, la espontaneidad poética de estas horas me llevó a intentar de nuevo la escritura y a cometer la torpeza de comentárselo a Rafael, que se apresuró a asegurarme que él también estaba escribiendo. El resultado de nuestra actividad de aquellos meses se traducía en horas nerviosas, febriles, empecinados los dos en un largo poema en el que mediante el monólogo dramático —otra vez Eliot y los treintinos, más Cernuda— diéramos cuenta de la vida, de la nuestra y la de otras gentes de nuestra edad y condición. Ésta fue la última etapa en que de manera más asidua —también más fructífera y acabada— traté a Rafael. Sus dotes poéticas —indudables—, su inteligencia, su capacidad de seducir podían hacer de él un conversador extraordinario si estaba de buenas, y un odioso y tiránico monologador si tenía el día *estupendo*.

Por aquel entonces, Rafael parecía empeñarse en recitar sólo su papel positivo, de manera que nuestras conversaciones resultaban enriquecedoras y divertidas, además de brillantes, y a menudo teníamos un corro de jovencitos dispuestos a dejarse deslumbrar por nuestro *savoir faire*. Entre ellos estaba Enrique, entonces alumno de Rafael, y todavía demasiado inexperto para ser del gusto del maestro.

Prometimos que sólo nos mostraríamos el *producto*, el *monstruo*, el *culebrón*, el gran *dinosaurio* cuando no faltara siquiera el más leve punto sobre la i más tonta. Yo terminé antes que Rafael, dos meses antes, creo. Él decía morirse de impaciencia por conocer mi texto, y aseguraba que eso precipitó el final, un tanto abrupto, de su poema. La verdad es que la noche en que por fin determinamos leernos mutuamente, me sentí bastante sobrecogido. Rafael llegó borracho a mi estudio, farfullante, con una pequeña carpeta bajo el brazo, en compañía de Enrique. Incapaz de leer, me tendió los papeles para que lo hiciera yo en voz alta. Enrique tampoco había visto el original y deseaba, quizá tanto como yo, dada su relación de discípulo amado, conocerlo cuanto antes. Así que comencé a leer. Los versos eran magníficos. Asimilaban a la perfección la lección de nuestros maestros. Tenían una estupenda andadura rítmica. Se parecían muchísimo a los míos —y esta vez no podía en absoluto acusarle de plagio—, pero estaban escritos en francés... Rafael, pese a su cogorza monumental, me escuchaba atentamente. En sus ojos había una súplica que sólo yo podía entender: «Será la última vez, parecía decirme. Te lo juro». «Tradúceme, por lo que más quieras», me espetó de repente. Me negué a su propuesta.

—Busca editor en París —le aconsejé—. Tienes suficientes contactos...

—Lo he intentado ya. ¡Qué te crees! —me contestó con sorna, torciendo un poco la boca en un gesto burlesco que conocía bien—. Pero allí nadie da un franco por ellos. No interesan, les suenan a *déjà vu*.

Y me enseñó las cartas de dos editores fechadas unos meses antes. Colegí, por tanto, que había terminado el poema no por las mismas fechas que yo sino antes.

—Ahora quiero oír el tuyo. Que lo lea Enrique, tú seguro que lo destrozas. Sólo me lees bien a mí —farfulló sirviéndose otro trago de *bourbon*.

Enrique se caló unas gafitas ridículas que le daban ese aire de yerno predilecto que ni con los años ha sido capaz de ir perdiendo, y comenzó a leer. Su engolamiento, el espantoso acento de Mollerusa, le sentaban como un cataplasma a mis versos que pretendían una andadura absolutamente conversacional y un —yo creo que conseguido— desenfado.

—¡Basta!, ¡basta! —gritó, desde un sillón, Rafael trabándosele la lengua—. Destrozas cuanto miras. Calladito estás más mono, Quiquín.

Enrique se paró en seco. La broma me pareció de mal gusto. Aunque ya en otras ocasiones Rafael se había ensañado en público con su joven adorador, nunca le había visto menospreciarle tanto.

—Déjanos solos, por favor —añadió en un tono más conciliador.

Enrique, sin despedirse —en esto había salido al maestro—, se fue desencajado.

Nunca había visto a Rafael tan hundido.

—Lo siento —me dijo—, te he martirizado con una escena grotesca, a ratos me saca de quicio. Le detesto y, sin embargo, es el único que me aguanta, el único de todos ellos que me tiene afecto, y eso aún me mortifica más. Si sigo con él, es por eso únicamente... Ya ves lo mezquino que puedo llegar a ser. Me asquean nuestras riñas matrimoniales, su sumisión. Incluso en la cama su actitud pasiva.

Aquélla fue la primera vez que Rafael aludía directamente a su relación marital con Enrique, que, por otro lado, todos sospechábamos.

—Perdóname —insistió, un poco más sereno—. Deja que me duche y prepárame, si no te importa, un café doble. Quiero escuchar tus poemas con detenimiento.

El viscoso animal con sus pezuñas de plomo, la odiosa aurora, tantas veces denostada en nuestros poemas, arañaba ya los cristales cuando por fin Rafael estuvo en disposición de escuchar. Intenté leer despacio, con intención, pero mi poema sólo cobró todo su sentido cuando fue él quien lo recitó, sacándole todo el partido posible.

—Es magnífico —me aseguró—, mucho mejor que *Extrarradios*. Hay que publicarlo cuanto antes. Revolucionarás la poesía castellana, me juego lo que quieras.

Bebí más de la cuenta para celebrar mi éxito, mientras Rafael dormitaba en un diván.

Lo que ocurrió entre las seis y las doce del mediodía, no lo recuerdo en absoluto. Sólo sé que me desperté en mi cama desnudo, con la boca absolutamente reseca. Por el estado del cuarto, parecía que hubiera compartido una agitada noche. Las sábanas, sucias, habían rodado por el suelo. Rafael ya no estaba. En un caballete vacío, a modo de tela, la carpeta de sus poemas aparecía abierta y al pie había una pequeña nota: «Dependo de ti, *mon semblable, mon frère*».

En las fauces del viscoso animal, mi poemario

al que tanto éxito auguraba Rafael, no interesó a ningún editor de prestigio. «Quizá con un prólogo de Aleixandre o al menos una carta suya de recomendación, alguno se arriesgaría», me sugirió un amigo metido a crítico. Rafael, con una celeridad admirable, consiguió, sin que yo se lo pidiera, las dos cosas. Vicente, generosísimo —luego supe que en eso lo era con todo el mundo—, escribió unas páginas de presentación muy elogiosas y una carta en que recomendaba vivamente la publicación del libro. La verdad es que Rafael se estaba portando conmigo maravillosamente bien, sin insistir, ni siquiera una sola vez, en el penoso asunto de la traducción.

En junio se fallaban en Barcelona los premios Boscán. La cuestión me traía absolutamente al fresco. Sabía, eso sí, que Rafael, Venancio y otros conocidos estaban en el jurado, pero yo no me había presentado. Mi sorpresa fue mayúscula cuando a las tantas de la noche me llamó Del Arco, de *La Vanguardia*, para hacerme una entrevista como ganador.

Rafael, sin decírselo a nadie, había sacado copias del manuscrito y me había presentado. Ya no tendría el más mínimo problema para editar. Aquella misma madrugada, al volver a casa eufórico y convencido de la amistad fraternal que nos unía, comencé a traducir sus versos. Tardé menos de un mes. Una noche, tras invitarle a cenar a mi estudio, procedí a la lectura. Realmente mi versión era muy buena y dejó feliz a Rafael. Me había esmerado cuanto había podido e incluso en algunos versos me había permitido variar el original. «En esta mala lengua que se me resiste, puta lengua de *saltaulells* y fabricantes», solía añadir Rafael, sarcástico, sonaba espléndido.

El libro de Rafael —mejor será decir, el nuestro— salió mucho antes que el mío, tan sólo un mes después de que yo lo hubiera terminado. El éxito, tanto de público como de crítica, fue unánime. Incluso ésta dio por bien empleado el silencio de los últimos años y consagró definitivamente a Rafael, que —aunque, naturalmente, no mencionaba mi aportación, tan fundamental por cierto— me lo dedicaba: «A mi querido amigo José Ignacio Díaz de Benjumea, *mon semblable, mon frère*». Por primera vez, las revistas literarias castellanas —las *Insulas, Cánticos, Poesías españolas, Papeles de Son Armadans* y otras más que no recuerdo— se hicieron amplio eco de un autor joven que escribía en un idioma todavía sojuzgado. En algunas reseñas, además, se comenzaba a valorar a Recasens incluso por encima de Espriu.

En las fauces del viscoso animal no se publicó hasta bien entrado el otoño. Los premios Boscán seguían una complicada maquinaria editorial que les hacía salir con un año de retraso. Mi libro, pese a las elogiosas palabras de Aleixandre, a quien Rafael me presentó una tarde en Velintonia, volvió a pasar desapercibido aunque, por iniciativa de Rafael e incluso con tarjetas suyas, lo mandé a todas las publicaciones que él consideró que lo podían tomar en cuenta. Sólo en una, un tal Roberto Lamuela comparaba mi texto con el de Rafael, extrayendo semejanzas y paralelismos, para acabar concluyendo que, a buen seguro, yo imitaba a Rafael. Fue el propio Rafael quien se encargó de enviar una carta —o al menos eso me dijo que había hecho, quizá sólo la escribió— puntualizando al tal Lamuela —«La mula» o *monsieur rebuznador*, le llamaba él entre nosotros— que nuestras coincidencias se debían a unos maestros comunes, una manera parecida de entender el hecho poético y sobre todo al empleo de giros conversacionales, muletillas léxicas, que aunque se vertieran en diferentes lenguas, constituían nuestro acervo coloquial común. Fue quizá como resultado de esta reflexión cuando Rafael me propuso escribir una novela bilingüe: él lo haría en francés, que yo traduciría al catalán, y yo a mi vez escribiría en castellano. Me negué. «En todo caso —le dije—, la escribiré solo y en tu fraudulenta lengua.»

Al releer este informe —no otra cosa pretendo que sea—, me doy cuenta de que no he mencionado que durante esta etapa expuse y con éxito en diferentes ciudades del país, y que mi obra pictórica, al contrario de la literaria, era tenida en cuenta. Por aquellos años, 1973 o 1974, cambié de marchante. El nuevo, Hans Hinterhauser, un alemán espabilado, pretendía abrirme al mercado americano, de manera que me preparó una gira por diversas ciudades de Estados Unidos, y me marché. Allí precisamente expuse uno de mis mejores trabajos: el cuadro en el que nos pinté a los dos, y que un coleccionista argentino —nada menos que el poderosísimo Gianfranco Bianchiosi— me compró. En su casa, donde pasé una larga temporada, Bianchiosi a menudo me solicitaba para que le contara cosas de Barcelona. Le confié, pues, mi tortuosa y lingüística relación con Rafael. Ahora que caigo, quizá Bianchiosi la contó a sus amigos, y pudo llegar de esta manera a Bonomini. En realidad, poco importa. Estas notas espero que de una vez por todas dejen zanjada la cuestión.

Permanecí en América casi tres años. De Rafael me llegaban noticias de tarde en tarde. Las clases le aburrían, gastaba sus energías en francachelas nocturnas y se emborrachaba hasta la extenuación. En una de aquellas cartas me decía que volvía a escribir. «Y esta vez sobre nosotros, como catarsis —aseguraba—. Por pura necesidad, para saber quién soy y no volverme loco.» Le contesté enviándole un poema, el último poema que he compuesto, ya que con él precisamente cerraba todas las exclusas, todas las compuertas posibles a seguir escribiendo, pero también ponía punto final a nuestra colaboración. En cuanto lo terminé, supe que era un excelente poema, posiblemente el mejor de cuantos escribí o podría escribir en el futuro, en el caso de que no hubiera firmado mi sentencia de muerte poética. Lo escribí en castellano y de inmediato lo traduje al catalán. No sé qué extraña tesitura tiene esa lengua de tenderos —que diría Rafael— para que todo suene como a recién parido, a primigenio. ¿Serán las dichosas neutras de las que carece el castellano, como apunté antes? Pongamos que eso ni siquiera sea verdad. Pongamos que únicamente yo era capaz, al traducir y no al escribir directamente —ya lo había probado pero con resultados desafortunados—, de configurar un texto ambiguo, sugerente, con grandes dosis de ingenio, con un excelente sentido del idioma. A estas alturas sé que mi auténtica capacidad literaria estuvo sólo al servicio de Rafael, pero que Rafael —y eso fue quizá lo que le abocó a la muerte— sin mí no hubiese sido más que un secreto versificador de fin de semana y gabacho, por más señas.

Escribí —como ya he consignado— nuestro mejor poema y se lo regalé a Rafael. Se lo regalé para que pudiera publicarlo donde le diera la gana, pero, en el caso de que así lo hiciera, no podría volver a firmar ninguno más, porque éste era su último poema, su despedida del mundo literario, su adiós. En suma, su testamento. En él, el sujeto poético desdoblándose, pasa revista a su identidad inventada, a las humillaciones a las que día a día somete a su doble, a su adelfos que, como él, tiene la misma estatura, los mismos ojos pardos y, quizá sin saberlo, la misma tendencia al vicio nefando. Reflejado en el fondo del espejo —como en el cuadro— superponiéndose al rostro de Rafael, estaba el mío; y eran también mis mezquindades, mis pactos humillantes con la mediocridad, las transacciones vergonzosas con la rutina, el desagradable sabor a mí mismo, lo que supuraban nuestras imágenes. Quizá aquella riña de amantes que presencié entre Rafael y Enrique en mi estudio de Barcelona dio también pie al monólogo dramático en el que al final, para sobrevivir, es necesario matar al yo más literario, y renunciar definitivamente a la escritura.

Rafael obtuvo el Premio de la Crítica, la *Lletra d'or*, y cuantos galardones se otorgaron aquel año en Cataluña fueron para su brevísimo libro: 235 versos cuyo título, *Els miralls*, consistía en su única aportación. Ni siquiera tuvo el detalle de enviármelo.

A mi regreso a Barcelona, procuré evitarle. Suponía que no le sería nada grato un encuentro que podía dar pie a alguna escena grotesca sobre todo si había gente de por medio. Supe que llevaba una vida retirada, que había pedido una excedencia en la facultad. Pasaba largas temporadas en Lérida, en el pueblo de sus padres. Enrique seguía siendo su relación más estable, aunque se contaba que le interesaban cada vez más los dulces muchachos venales.

Tras su muerte, Enrique y Venancio vinieron a verme. Venancio sabía lo de mis traducciones, pero no que *Els miralls* hubiera sido escrito íntegramente por mí. De todos modos, me suplicó que guardara silencio. Recasens —él siempre le llamó por el apellido— había sido enterrado con todos los honores de poeta nacional. Era un ejemplo para el recobramiento de lengua patria que no estaba dispuesto a que la malevolencia diera al traste. Si yo decía una sola palabra, él, que conocía a Recasens mejor que yo, que era un crítico de prestigio, lo negaría. Además —y lo dejó caer sibilinamente—, estaba el asunto de mi posible premio.

Enrique, con gafas de montura nueva, que aún conservaba todo el aire de yerno predilecto de una oronda carnicera de la Boquería —todo sea dicho con respeto al gremio y al más noble mercado barcelonés—, asentía compungido. Antes de irse, me entregó una carta que Rafael le había pedido que me hiciera llegar después de su muerte. Leerla me costó un gran valor. En ella Rafael me detallaba con pelos y señales situaciones de mi vida en América que nadie había podido contarle, y me recordaba experiencias olvidadas que, al conjuro de sus palabras, cobraban todo su sentido. «Es por esto —decía—, por lo que acepté, sin darte explicaciones, el regalo de tu poema, de nuestro mejor poema.» Rafael en aquella especie de delirio visionario, escrito sólo dos días antes de llenarse el estómago de barbitúricos, estaba convencido de que nosotros formábamos parte de un mismo ser, y apelaba al *Banquete* platónico y a la teoría de Aristófanes. Mi *Els miralls* no había hecho otra cosa más que confirmárselo. En él se resumía todo lo que él pretendía aportar a la literatura. Era lo que él siempre quiso escribir. Y acababa por jurarme que el momento más pleno de su vida, aquella noche de su descomunal borrachera en mi estudio, me pertenecía por entero.

Dudé si la carta era una certera maniobra de

Rafael para seguir viviendo en mí con mayor intensidad que cuando vivíamos los dos por cada lado. Porque desde entonces, desde su muerte, noto un terrible vacío que no se atenúa con el tiempo, que, al contrario, se acentúa, y me pregunto demasiado a menudo la causa por la que, amándonos y odiándonos como si fuéramos uno mismo, no acertamos a comprender que el verso de Baudelaire que tanto nos gustaba citar no era un simple pretexto literario, sino algo mucho más profundo que nos aludía, uniéndonos como la sombra al propio cuerpo de cada uno.

Espero que a partir de ahora nadie vuelva a fabular posibles versiones sobre nuestra historia. En nombre de los dos tengo yo —sólo yo, con sobradas razones— la última palabra.

Barcelona, marzo de 1989

Contra el amor en compañía

Nació en Argelers un mediodía de otoño. La llamaron Coral Flora Gaudiosa por puro gusto. No imaginaban que de esta manera habrían de ahorrarle la necesidad de buscarse seudónimos para los primeros concursos literarios en los que habría de participar, pues nadie iba a creer que un nombre tan estrafalario no fuera inventado.

De su madre heredó un cuerpo de walquiria y la perdición por los dulces; del padre, la misma mirada pasmada y la facilidad versificadora. A los tres años sorprendía a los refugiados con *rodolins* patrióticos y a los siete los componía de encargo para recitarlos en las reuniones de exiliados que habían recalado en México. Su fama de poetisa entre la colonia catalana le hizo aspirar a la *englantina* en los juegos florales recién restaurados. Compuso para la ocasión un ardoroso soneto patriótico muy alabado por su padre y durante veinte noches se dejó los ojos en un traje de terciopelo negro que pensaba llevar, si ganaba, en la fiesta de celebración. Pero no ganó. Probó fortuna con la *viola d'or* al año siguiente, con igual resultado, y al otro envió poemas para optar a los tres premios. En sus mejores sueños ya se veía maestra en *gay saber*.

Mientras esperaba el veredicto, muriéndose de hambre, a causa de un estricto régimen adelgazante, intentó ensanchar el vestido aún no estrenado. Consiguió ponérselo y esperó el fallo: no obtuvo siquiera una mención. Pero gracias a un amigo de la familia, antiguo cajista, como su padre y que mantenía estrechos contactos con los círculos catalanes de Suiza, supo que había estado a punto de ganar la *viola d'or*. Sin embargo en el último momento la composición pareció demasiado atrevida y dos miembros del jurado votaron en contra.

La noticia le resultó tan alentadora que decidió celebrarla. Pidió hacer horas extraordinarias en el taller de costura en que trabajaba y dio una fiesta. Recibió a sus amistades un domingo por la tarde literalmente embutida en el traje negro por cuyo escote desbordaban unas formas más teutonas que catalanas (aunque ese desvío biológico-geográfico de la naturaleza, en apariencia inexplicable, quizá no lo fuera en relación a la afición wagneriana de los catalanes, no en vano fue el Liceu el primer teatro del mundo, después de Bayreuth, en el que se estrenó *Lohengrin*). Y con voz que hacía juego con su traje, eso es, también aterciopelada y casi nocturna, Coral sorprendió a la concurrencia con un encendido poema erótico envuelto en perfectos endecasílabos blancos. Los aplausos, sin embargo, no fueron unánimes. Tímidos, discretísimos los de las señoras, y mucho más fervorosos los de sus maridos, que intuían las posibilidades que los versos de la autora dejaban entrever en relación a su propio cuerpo.

Aquella misma noche Coral Flora —nadie añadía su tercer nombre, una imposición materna, quizá en atención a sus orígenes maños o, quizá, para paliar algo la laicidad absoluta de su consorte— recibió un ramo de rosas con una nota pidiéndole una cita.

Llevaba el mismo traje y la misma expresión de pasmo que el día anterior cuando se sentó en el Café Colombia, no lejos de la Plaza de las Tres Culturas. Una hora después, cansada de esperar, volvió a casa sin comprender por qué gastaba en flores quien no era siquiera capaz de cumplir con su palabra.

Tres días más tarde un muchachito le trajo una tórtola en una jaula dorada junto a un lacónico mensaje: «Trátala con cariño». En la colonia catalana sólo Albert Masdeu i Boixereu era conocido por sus aficiones colombófilas. De manera que Coral obtuvo con el regalo la primera pista que revirtió en una auténtica catarata de versos, alusivos a las propiedades amatorias de las palomas, que leyó en la primera ocasión en que volvió a reunirse con los exiliados para ver el efecto que harían en el antedicho. Pero el destinatario escuchó los versos con aburrimiento. Bostezó tres o cuatro veces y acabó por entablar conversación con el vecino, desatendiendo el apoteósico final en que la tórtola enjaulada era comparada, en un alarde metafórico, a la dulce patria lejana, humillada y prisionera. No cabía la menor duda de que el regalo no procedía de Masdeu. Coral se alegró. Al fin y al cabo Masdeu estaba casado, y esto ponía las cosas difíciles. Ella pretendía formar una familia, como todas las muchachas decentes, aunque fuera poetisa. Claro que solteros sólo había dos en el círculo: Martí Baixeres, el antiguo cajista, y Roger Collbató, de quien se cuchicheaban desvíos homosexuales.

El correo trajo una semana después una carta fechada tres días antes en Ciudad de México. Estaba escrita a máquina, a un solo espacio, sin la más leve falta o errata y denotaba instrucción. En ella, alguien que firmaba con el seudónimo de *Lo gaiter del Tapultepec*, le declaraba amor eterno, amor más allá de la muerte y aludía a la paloma, como la blanca mano de la poetisa que un día vería posarse sobre su sexo que ya le esperaba en apremiante turgencia. Coral Flora no quiso compartir el contenido del papel con sus padres, despreciando así las posibles pistas que pudieran darle y se dedicó con fruición al endecasílabo.

Al alba había compuesto varios sonetos lúbricos, quizá un poco chirriantes en los tercetos, que, tras diversas correcciones, dio por válidos. Antes de ir al trabajo, escogió el que le pareció más apropiado y lo envió al apartado de correos que su corresponsal le indicaba. La ansiedad de la espera se hizo doblemente angustiosa porque, a la excitación natural —no cabía duda de que estaba viviendo su primera aventura amorosa y, por qué no, la definitiva— debía añadir la urgente necesidad de comer que aquel estado le provocaba. En diez días engordó casi ocho kilos, que sumados a lo que había ido anexionando en los últimos tiempos, la acercaban a la bonita suma de cien, que, pese a su altura —casi metro setenta y cinco— no dejaban de ser excesivos. Además, cuando versificaba, solía hacerlo acompañada por una caja de golosinas. Y últimamente pasaba las noches en vela componiendo poemas eróticos que, al día siguiente, metía en un sobre y echaba al correo en espera de alguna contestación. Pues su corresponsal, desde que recibiera el primer soneto, parecía haberse volatilizado. Después de más de un mes llegó una carta larguísima en la que *lo gaiter* pretendía justificar su silencio con el ánimo de acusar en ella la necesidad del poema y acuciar su deseo para rentabilizarlo en versos. La estratagema enfadó a Coral que había adquirido tal virtuosismo que componía obscenidades versificadas como quien hace calceta, sin esfuerzo. De manera que esta vez decidió darle un ultimátum: o le veía o se dedicaría para siempre a la poesía religiosa. La respuesta llegó con celeridad a través del telégrafo: Café Colombia a las siete de la tarde, de negro.

Coral pretendió enfundarse de nuevo en el traje de terciopelo sin conseguirlo. Casi rajó las costuras y estropeó la cremallera. Por fin optó por una falda y una blusa de anchas mangas abombadas. Sin duda el color rosa-palo le daba un aire doblemente aniñado que con el negro se desbarataba. «Mejor así —pensó—. Quizá creerá que me rebelo a sus deseos, aunque a lo peor adivina que es por la gordura. Adelgazaré», prometió resuelta, mientras sorbía un helado doble cubierto de jarabe de caramelo, ante un velador del café, cinco minutos después de la hora prevista, inquieta, oteando la puerta del local. Tampoco esta vez apareció nadie. Un cuarto de hora más tarde se le acercó Martí Baixeres que jugaba una partida de dominó con unos amigos.

—Permíteme que te invite —le dijo solícito, demudándose algo—. Si no supiera que esperas a alguien, te pediría que me dejaras sentar...

—Siéntate, haz el favor y dime, ¿cómo sabes que me han dado plantón? —preguntó ella un tanto decepcionada.

—Te vi en cuanto entraste. Jugaba allí con unos amigos. Tus versos son maravillosos, criatura. Si me fuera permitido...

—¿Qué? —dijo Coral en un susurro.

—Editarlos —contestó el cajista, que tenía imprenta propia.

—Encantada —terció enrojecida—. Es mi mayor ilusión. El problema es que no tengo copias. Envié los originales a un amigo para ver si eran de su gusto, y no me los ha devuelto.

Martí Baixeres la miraba arrobado.

—Deberías pedírselos —impuso mientras se levantaba para marcharse, incapaz de confesarle que ya había tirado las primeras pruebas.

—Quédate, por favor —pidió ella tras comprenderlo todo, de golpe.

—Me dijiste que esperabas a alguien... No quisiera ser un estorbo.

—Ya no —aseguró dulcificando el pasmo de sus ojos de vaca—. En cuanto al traje negro, te diré la verdad: lo desbordo. Me pondré a régimen si lo prefieres.

—En absoluto, pichona. Te prefiero tal cual... Me gustas tanto que te comería —dijo Martí Baixeres en un arrebato, casi perdiendo el *oremus* por la emoción—. Mañana mismo hablaré con tu padre. No sabes cuánto temí este momento. Te vi huir despavorida, enfadada, qué sé yo... Dime ¿me dejarás que te haga feliz?

Coral Flora sonreía sumisa. Al fin y al cabo Martí Baixeres era de confianza, la admiraba como poetisa, tenía un buen pasar y era soltero. Hubiera podido ser peor...

La boda reunió a toda la colonia. El novio se acercaba a los setenta aunque aparentaba menos edad, y la novia, apenas había cumplido los dieciocho. Sin embargo, a tenor del libro editado por Martí artesanalmente, listo para ser repartido entre los invitados después del banquete, la edad algo avanzada del esposo no suponía merma ninguna para la pasión desbocada —al menos sobre el papel— que su cuerpo producía en el de la joven desposada. «Cuando tú me posees —había escrito en la primera página, quizá como lema dedicatoria— cien potros se desbocan por mis ingles y como un tigre me penetra el infinito en su polvo de estrellas».

Pese a las apariencias versificadas, Coral Flora se casó virgen. Martí Baixeres, que era vegetariano y ecologista *avant la lettre* como buen anarquista, aceptó con sumo gusto guardarle el respeto que su cuerpo de morsa protegida merecía, pues se preparaba para el do de pecho de la noche de bodas intentando ahorrar el máximo posible de energía. A ella, en cambio, le sobraba por los cuatro costados, aunque a pesar de la desenvoltura que podía deducirse de sus poemas se mostró tímida como una adoratriz, a la espera de que por fin él desatara sobre sus ingles los potros que ella había puesto en el poema y la cabalgara más allá de las fronteras del amanecer.

Martí Baixeres cumplió con sus deberes maritales con cierta premura y muy pronto se durmió en brazos de su mujer, mientras insistía en que siguiera recitándole sus verdulerías. Coral Flora descubrió de improviso, a las tantas de la madrugada de su noche de bodas, que tenía la más portentosa imaginación del mundo y una auténtica miseria de intuición. En sucesivas noches tuvo tiempo para comprobar que en su descubrimiento quedaba escaso margen para el error. Martí Baixeres después de pedirle que le declamara sus versos afrodisíacos, solía quedarse exhausto tras un único y rápido seísmo que para nada le afectaba a ella, pese a estar en el mismo epicentro. Con timidez consultó a su madre, que la consoló con buenas palabras: su caso no tenía nada de particular.

A los nueve meses de matrimonio dio a luz a un niño que heredó sus ojos de pasmo y la nariz prominente de su padre, y para quien compuso una serie de poemas maternales que obligó a aprender a la sirvienta india para que se los cantara al pequeño a modo de nanas. Pese a la insistencia de su marido en que volviera a la poesía erótica, Coral Flora le aseguraba que no tenía tiempo ni humor. Llevar la casa y ocuparse del niño era carga suficiente. Para escribir se necesitaba un relajo del que carecía. Martí Baixeres se sentía más inquieto aún que su mujer. «Quizá en la cama la he decepcionado —se torturaba sin querer admitirlo del todo—, y por eso es incapaz de escribir más versos. No me quiere mentir.» Aquella misma tarde le propuso que se marchara de vacaciones a la costa. «Escribirás cuando me añores —le dijo—. No encuentro mejor solución.»

Coral Flora, el niño y la sirvienta se instalaron en una cabaña cerca de Cancúm. El cambio le sentó bien al pequeño y fortaleció el ánimo de su madre, que solía despertarse al alba para dar largos paseos por la playa, que, por otra parte, resultaban perniciosos para su voracidad de gorda infeliz.

Por las tardes, a la caída del sol, tumbada en su hamaca contemplaba los cuerpos curtidos de los pescadores tendiendo las redes y observaba paciente su musculatura. A veces hasta imaginaba delicuescencias que hasta el momento sólo habían aflorado entre las líneas de sus poemas. Más de una vez se acercó insinuante hasta ellos pidiendo guerra, pero ninguno aceptó el envite. «Parezco una fragata —se dijo a sí misma—. Debo causar pavor.» Aunque ni por asomo renunció a los dulces ni desterró las golosinas con que a todas horas se regalaba. Frecuentemente, en sueños, sin embargo, se veía poseída por los pescadores en una especie de violación pactada puesto que ella no oponía ninguna resistencia, pero en ningún caso llegaba a buen puerto ni conseguía sentir la más mínima de las voluptuosidades maravillosas que en sus poemas había sido capaz de describir. «Debo ser frígida», concluyó al despertarse de una siesta pero aquella misma tarde inició un largo poema que fragmentado iba enviando a su marido por correo urgente. Martí Baixeres, que lo recibió, feliz, atribuyendo a su persona la inspiración, se apresuró a editarlo en cuanto le llegó la última entrega. Pretendía que estuviera listo el día de la vuelta de Coral.

De su estancia en Cancúm trajo las mejillas más sonrosadas, un pasmo aún más profundo en la mirada y una inquietud distinta. Ni siquiera la buena acogida del libro, que sobrepasó la admiración de la colonia catalana y llegó hasta la mismísima Barcelona, donde fue elogiado por la crítica (en la montserratina *Serra d'or* fue saludada como la nueva Alfonsina Storni en catalán), pudo arrebatarle su melancolía quizá porque sólo ella sabía que la mercancía con que traficaban sus palabras era falsa y que además había sido robada. Sus versos no eran otra cosa que pura estafa, una estafa que cotidianamente se hacía a sí misma, obligada por Martí Baixeres, a quien comenzaba a odiar. Por entonces su peso se acercaba a los ciento cincuenta kilos y le costaba moverse. Se pasaba el día en una mecedora tomando dulces, a la espera de que algo distinto y definitivo aconteciera, porque a su marido le habían diagnosticado un cáncer de próstata en avanzado estado. «Siento no poderte hacer feliz, pichona», repetía el desgraciado en su agonía.

La viuda de Baixeres guardó un luto riguroso por el difunto, del que incluso hizo partícipe a su hijo tiñéndole de negro los pañales. Su marido se lo dejó todo con tal de que no volviera a casarse.

Coral Flora no tuvo otro remedio que ponerse al frente de la imprenta. El trabajo le sentó bien y dio al traste con sus melancolías, aunque siguió gorda y sin amantes.

Un buen día, tras una jornada agotadora, encerrada en su alcoba se miró al espejo mientras se desnudaba. Su cuerpo le recordó las Venus rubenianas y le pareció atractivo. «Para nadie», pensó, mientras recitaba en voz alta sus propios poemas, como solía hacer para Martí Baixeres. Entre versos comenzó a acariciarse. Vio crecer sus pezones al contacto de sus hábiles yemas. Se demoró en sus anchos muslos. Luego sus dedos excitados se entretuvieron en deshacer los caracolillos del vello púbico hasta que finalmente, en el momento preciso, su mano se adentró en la hendidura y se tomó a sí misma. Pletórica de aciertos se durmió por fin admirando la propia destreza oculta tanto tiempo. A partir de aquel día cuidó con mil ungüentos sus manos y usó guantes. Enamorada de sí misma y en paz, descubrió la felicidad del onanismo, que practicó hasta la muerte. Vio crecer con orgullo a su hijo y en la madurez se autopublicó otro libro que fue recibido con gran escándalo. Se titulaba: *Contra el amor en compañía* y se abría con el siguiente texto:

Cuantos potros puse en los poemas
en mis manos están. Únicamente
mis dedos son los tigres
que me llevan a conocer
el infinito.

Deià, 27-30 de julio de 1990

Un placebo llamado María López

No fue nada fácil. Tuvo que insistir media docena de veces, por lo menos, ante la señorita que pretendía convencerle de lo contrario. Todavía oía su voz, aparentemente resfriada, con soniquete melifluo y sabor a merengue. «Son muchas horas, don Joaquín, no se lo recomiendo. Nos interesa que llegue vd. fresco», había añadido para mayor recochineo, con un quiebro coqueto en el que cifraba, sin duda, su mejor voluntad de persuasión. «Deje vd. de arrodillar sus palabras, señorita —zanjó irónico—, que no cambiaré por ello. Se lo aseguro. Y hágame el favor de decirle al director de la Fundación que si no aceptan mis condiciones no voy y basta. Llamen ustedes a otro que se amolde mejor.»

Pero accedieron. La prueba era que estaba allí, levemente traqueteado, tratando de repasar los puntos básicos de su conferencia, mientras la voz de ella y la suya propia volvían a interferirle entorpeciéndole la concentración.

Precisamente el argumento que con mayor énfasis había esgrimido para rechazar el *tutti presto* del viaje en avión por el *andante moderato* del ferrocarril, había sido el de poder revisar con tranquilidad, sin prisas ni nervios, algunos aspectos del tema que tenía previsto desarrollar, sopesando con calma sus opiniones más contundentes. Estaba convencido de que en esa operación previa al acto —como las concentraciones de los futbolistas antes del final de copa, bromeaba— residía la clave de su éxito ante el auditorio. «No pretenderán ustedes que ahora que me sobra tiempo cambie de táctica», le había dicho a la voz en su cuarta conversación telefónica. Pero él sabía que esta publicidad gratuita, «el lujo del tiempo ganado», que le estaba haciendo a RENFE sólo, en parte, se avenía con esas justificaciones. Su interés por el tren tenía que ver, sin duda, con la manía que le había entrado de improviso, coincidiendo con la jubilación —y que, a él no se le escapaba, era un claro síntoma de vejez— por repetir su vida pasada punto por punto, especialmente la época más lejana. En su infancia, al menos dos veces al año, los trenes le habían puesto en el camino de la felicidad o se la habían arrebatado con idéntico desprecio. Sin embargo, en su memoria, el ritmo de percusión en las traviesas era en junio mucho más alegre que en los primeros días de octubre, cuando hasta las bielas golpeaban, inmisericordes, con rabia desusada y solidaria.

Había, además, otro hecho que no podía ser sino fruto de la casualidad, pero que durante las últimas semanas le había excitado en extremo, induciéndole a la irrenunciable determinación de tomar el expreso. La conferencia que debía impartir hoy, 18 de noviembre de 1988, coincidía con otra dada también un 18 de noviembre en 1948, en la misma ciudad y en el mismo centro cultural, aunque ahora llevara otro nombre y los organizadores fueran muy distintos. Esa coincidencia le obligaba a poner de su parte todos los elementos posibles para facilitar al azar la tarea de la repetición copiando, al menos, las circunstancias que rodearon los hechos. Así que, como entonces, no podía hacer otra cosa si no ir en tren.

Cuando por fin consideró suficientemente apuntalada su disertación el paisaje que se deslizaba veloz tras la ventanilla pertenecía a Levante. También la otra vez se había dejado seducir por la opulenta luz del mediodía que recortaba los contornos de los frutales, las hileras de naranjos que se perdían vertiginosas a ambos lados bajo un mismo azul agreste. Las vías partían en dos las huertas. «Una raya en medio, en bandó, como un daguerrotipo romántico», pensó como siempre que su memoria pretendía acariciar sus cabellos, mientras aspiraba la mezcla de perfumes que conmovían la suavidad del aire. A su lado, de momento, no viajaba nadie. También aquella vez estuvo solo durante más de cuatro horas. Había tomado primera para estar más cómodo, aunque entonces lo hiciera para evitar las aglomeraciones y el espectáculo de la sórdida miseria de la posguerra, todavía evidente en el 48.

Se levantó para ir al lavabo. Esta servidumbre fisiológica que la edad le había impuesto le resultaba penosa en extremo. Ante el espejo comprobó que estrenaba atuendo. Lo había buscado minuciosamente en diferentes tiendas no sin alguna inquietud. ¿No estaría exagerando la nota con tanto interés conmemorativo? La verdad es que la camisa azul le sentaba bien y la cazadora le daba un aire más joven. Volvió a su asiento. A los treinta años, incluso a los cuarenta, las mujeres opinaban que era guapo y más de una actriz anduvo tras él medio enamoriscada. De viejo, las alumnas lo encontraban interesante y se lo decían así, claramente, e incluso las más atrevidas se le insinuaban sin tapujos. Pero eso no tenía mérito: ahora lo hacían con todos, por deporte. En cambio antes... Lástima que ella no hubiera optado por tomar también la iniciativa..., o quizá él no se enteró porque, bien mirado, no todas las viajeras se despedían con un beso o dejaban, aunque fuera unos segundos, la cabeza apoyada en el hombro del vecino. ¡Si hubiera tenido una segunda oportunidad...! Intentó rechazar, sin mucho esfuerzo, la sensación de que esa minuciosa búsqueda de recurrencias iba únicamente encaminada a conseguirla. Porque... ¿qué hacía allí sino esperarla, convocándola a través de un cúmulo de detalles paralelos? Y sin embargo, cuarenta años antes, no fue capaz de preguntarle las señas ni de darle su dirección. Supo tan sólo que iba al Sur a visitar unos parientes y que después de un transbordo y varias horas de espera había enlazado con el expreso. Aquella noche le dieron las tantas tratando de averiguar en qué consistía la fuerza de su atractivo. Se durmió de madrugada cuando por fin descubrió que residía, a partes iguales, en la arrogancia y el desvalimiento que nunca, estaba seguro, volvería a encontrar en nadie que le sedujera tanto. Pero no llegó a suponer entonces que a partir de aquel encuentro, en todas sus obras de teatro aparecería una misteriosa presencia que los críticos calificaban de «elemento estructural integrador», y que constituía uno de sus rasgos más originales, además de la clave de su éxito que había comenzado precisamente en el 51, tras el estreno de *Viaje al Sur,* la primera pieza que ella le inspiraba. Ni pudo llegar a imaginar que durante años en hoteles de paso habría de buscar su nombre en el registro ni que a menudo se sorprendería intentando adivinar su rostro fugitivo tras las ventanillas de los taxis. Tampoco que su empecinamiento en asistir a los estrenos de sus comedias en provincias, mezclado entre el público, no tenía otro objetivo que recobrarla, ya que tarde o temprano, ella habría de acudir atraída por la fuerza de sus reclamos.

Durante muchos años, para tranquilizarse, se fue diciendo a sí mismo que aquella obsesión era mucho más literaria que real, que se trataba, más que nada, de un estímulo para escribir y que en la vida de cualquier ser humano había tenido lugar un acontecimiento semejante, que no era otra cosa que una especie de placebo de la ilusión. Porque María López —¿podía haber un nombre más vulgar?— no era sino la imagen de todas las oportunidades perdidas que la nostalgia teñía con ribetes de una felicidad inalcanzable. También por esto, aunque ya hacía mucho que había dejado de buscarla, seguía convocándola, especialmente cuando comenzaba una nueva obra. Pero en la última época ella parecía acudir con desgana y el éxito había dejado de frecuentarle. Hoy, como traca final, estaba dispuesto a consagrarle en exclusiva, cuatro horas de tren a la espera de que ese homenaje le resultara fructífero. Aún estaba a tiempo de estrenar su gran obra de madurez y demostrar toda su valía...

«Me gustan mucho los niños», le había confesado ella momentos antes de despedirse. ¿Habría tenido hijos? Tal vez era ya abuela. «Andará por los sesenta», se dijo. Si la encontrara, posiblemente no la reconocería. Porque en su memoria —y ésa había sido la única ventaja de no volverse a ver— ella no había envejecido, permanecía igual, en la plenitud de su atractivo, eternamente joven.

Durante la última semana había imaginado que al conjuro de las coincidencias, al pasar por el mismo lugar, el mismo día y aproximadamente a la misma hora, ella volvería a subir, se sentaría a su lado y entablarían una conversación trivial. Y con ánimo de que no faltara detalle, por si ella esta vez olvidaba el libro que entonces leía, ahora él acababa de sacar de la cartera un ejemplar de la misma edición, que ojeaba distraído.

—Quizá pasó la hora de Alemania, pero no hay duda de que recobrará su grandeza si las mujeres guapas se interesan por su lengua.

—¿Usted cree?

—Por supuesto. ¿No está de acuerdo?

—Si quiere que le sea sincera, en absoluto.

—Pero usted es muy guapa y lee en alemán. Me parece que...

—Leo a Brecht, señor. A usted no debe gustarle.

Le había cortado en mitad de la frase y le había llamado señor, con evidente despego, con ánimo de marcar distancias. Y sin mostrar ningún interés por seguir la conversación, acababa de hundir la cara en el libro, mientras él la observaba con estupor. Tenía unas piernas interminables, lástima que las medias se hubiesen derrumbado en infinidad de pliegues sobre los tobillos, quizá un poco demasiado gruesos. Ella debió darse cuenta del catastrófico detalle, porque intentaba, disimuladamente, alisar las arrugas, palpando con la mano plana sus muslos para tratar de tirar hacia arriba las ligas. Al sentirse observada, se levantó. «Está avergonzada y se va al lavabo —se dijo, un tanto divertido—. Le está bien empleado por estúpida», pensó con cierto alivio, porque no estaba dispuesto a aceptar que fuera él el culpable de su rechazo por seguir hablando ni que ese tono galante, ese interés por establecer una mutua complicidad no fueran los adecuados. Y ahora, en cambio, consideraba que tal vez tuviera razón, que quizá estuvo poco acertado con sus piropos, aunque luego ella cambiara de actitud y acabara por estar hasta cariñosa. Claro que sin esas discrepancias del principio, posiblemente él nunca se hubiera sentido tan interesado por ella ni hubiera acabado por ser uno de los mejores especialistas del país en el teatro de Bertolt Brecht.

El tren aminoraba la marcha mientras dejaba oír su silbato al entrar en el apeadero donde ella lo había tomado cuarenta años antes, pero el convoy no se había detenido. Un reloj marcaba una hora imposible y en los andenes no se veía nadie. «Quizá sea mejor así —pensó, cuando el maquinista aceleró de nuevo—. Nuestro encuentro, a estas alturas, sería tan postizo como un espot publicitario para pensionistas.» Su mano repetía sobre la mejilla izquierda un gesto tan habitual casi como un tic, un gesto que había comenzado a hacer precisamente en el momento en que, después de despedirse, ella había bajado del tren.

Una voz metalizada anunciaba la llegada a una estación importante. Algunos viajeros dispuestos a subir se arremolinaban en pequeños grupos. Fueron unos segundos, pero le bastaron para sobresaltarse. «Si es lo que me temo —pensó—, si realmente es ella, si no ha envejecido, si tiene veinte años, estoy perdido porque ya no se trata de un placebo, ni de una especie de musa sino de la muerte. Qué obviedad tan estúpida... Martínez Camorera siempre insiste en que la misteriosa presencia de mis obras no es otra que la de la muerte.»

Acurrucado en su asiento, con los ojos cerrados esperó la inminencia de un descarrilamiento brutal en el que él figuraría entre la lista de víctimas mortales. Cuando una voz femenina musitó: «Buenas tardes», apenas le contestó con un leve bufido, incapaz de hablar. «Estoy enloqueciendo —pensó—, debo abrir los ojos.»

—¿Le molesta si fumo? Ya sé que aquí tampoco puedo, pero si a usted no le importa...

No, la voz no es la misma aunque se le parece; hay algo en común: esos pómulos altos, ese aire entre autosuficiente y desvalido... pero esta chica es mucho más guapa, quizá demasiado. De una perfección estricta. El rostro de María no guardaba las proporciones armónicas del de esta muchacha ni su cuerpo tenía esa delgadez sana. Y no puede resistir, no obstante, la tentación de abordarla:

—Perdone si la interrumpo. Bueno, perdóneme porque la interrumpo. Estaba usted leyendo, pero verá, se parece usted mucho a una persona que conocí hace tiempo y me pregunto si usted...

—Me confunden mucho —ríe divertida, casi cómplice— y me gusta hablar en los viajes. ¿A quién me parezco?

—A una persona que conocí en este mismo trayecto. De verdad se parecía a usted, quizá podrían tener algo que ver... ¿Su segundo ape-llido es López, señorita?

—No, me llamo Montemayor. Mi madre se llama Carmen Montemayor López. Pero quizá pudo usted conocerla. De joven fue bailarina en el balé nacional. Prometía mucho, pero lo dejó para casarse con mi padre y se marcharon al extranjero...

—¿A Alemania, tal vez? ¿Hablaba alemán su madre? Quizá María López no fuera más que un nombre inventado... Era una época difícil. Y ella viajaba sola. Leía a Brecht, toda una ex-centricidad que entonces resultaba hasta sospe-chosa... Nos encontramos tal día como hoy, ha-ce cuarenta años... Y le parecerá ridículo, nunca pude olvidarla. Estuvimos juntos apenas cuatro horas pero fueron suficientes, al menos para mí, quizá para ella significaron menos aunque si era una mujer agradecida, alguna vez debió recordarme. Creo que le evité pasar un mal rato o algo peor...

—No era mi madre, siento defraudarle. Ma-má en el cuarenta y ocho acababa de nacer.

—Los trenes de entonces, puede usted imagi-narlo, se averiaban con pasmosa normalidad, los retrasos estaban a la orden del día, como los apagones. Habíamos dejado Levante y nos in-ternábamos en Murcia a través de un largo tú-nel. De pronto nos quedamos a oscuras y el tren se paró en seco. La gente gritaba asustada. No sé cuánto tiempo duró aquello, ¿tres cuartos, una hora? Intenté mantener la calma hablán-dole, contándole anécdotas, creo que incluso chistes. «Tengo miedo», me confesó ella interrumpiéndome. Apoyó dulcemente su cabeza en mi hombro. Acaricié sus cabellos, olía a azahar... Debió dormirse porque cuando el policía nos enfocó con su linterna, no abrió los ojos. «Documentación, por favor». Se la di. Esos controles eran entonces frecuentes, vivíamos todos un poco al acecho. «¿Viaja con usted la señora?» «Sí —dije—, claro y está muy cansada, no la moleste, por favor.» La verdad, me dio pena despertarla. Pena por mí, naturalmente, era tan dulce el peso de su cabeza en mi hombro y tan suave el perfume a azahar...

»Cuando el tren se puso de nuevo en marcha abrió los ojos. "Perdóneme —dijo ruborizándose—, me he quedado completamente dormida. Tengo tanto sueño atrasado. ¿Qué ha pasado? ¿Han explicado por qué nos detuvimos?" Siempre he sospechado que no dormía y le diré por qué. Cuando nos despedimos me dio las gracias con tanto calor, de un modo tan efusivo... Durante cuarenta años he recordado el contacto de sus labios en mi mejilla, aquí.

—Esas historias de películas pasaban a bastante gente. Leí hace tiempo una obra de un autor no muy bueno, en la que se contaba algo por el estilo, pero no recuerdo de quién...

No se atrevió a preguntar más detalles, por si le aludía, por si era él ese autor no muy bueno y la obra *Viaje al Sur*, aunque en *Viaje al Sur* no se contaban las cosas exactamente así. La muchacha intentó leer de nuevo, pero él la interrumpió otra vez, receloso.

—No estará usted leyendo a Brecht, ¿verdad?

—No, qué va, es una novela de Vizcaíno Casas, ¿lo conoce?

—No. Y creo que no sería capaz de leerlo ni que me pagaran... Literariamente no vale nada —aprovechó para emitir un juicio rotundo que dejara las cosas en su lugar ya que ella, a la vista estaba, no tenía criterio.

—Pues no sabe lo que se pierde. Es muy divertido. A mí me encanta.

—¡Qué pena! —exclamó casi para sus adentros, mientras pensaba que ya no le daba tiempo a reconvertirse, volviendo a sus orígenes.

—¿Qué pena? ¿Por qué?

—¡No tendré cuarenta años más para especializarme en literatura fascista!

Y sonrió sarcástico burlándose de sí mismo y del agudo ataque de nostalgia que de un modo tan traidor le había sobrevenido. Y fue entonces cuando, ganado por la innoble autocompasión, o quizá conmovido por el esplendor que irradia la tersa piel de la muchacha, comenzó a contarle que esa camisa azul que se ha puesto es un despojo de su ideología pasada, que de joven participó, incluso de manera activa, en la difusión de los Principios del Movimiento, que a punto estuvo de ir a Rusia con su amigo Ridruejo, pero luego, a partir del 48 fue abdicando de sus convicciones hasta convertirse, como tantos otros correligionarios que después serían conocidos escritores, y apuntó el nombre de unos cuantos, en un marxista convencido, a quien, francamente, no le apetecía que le recordaran sus orígenes, de los que nunca, por propia iniciativa hablaba.

Y en cambio ahora le está contando a una desconocida todos esos pormenores casi secretos, confesándole además que en María López está la clave de su éxito. Y todo porque se siente atrapado por la seducción de la belleza de la que todavía podría emanar la posibilidad de la creación. Y se dice a sí mismo que aún está a tiempo, que no es del todo tarde, absorto en la armonía de sus formas, prendido en la melaza de sus cabellos en los que el sol, duro y espeso de los mejores días del verano debió cobijar todos sus rayos. Y se pregunta cómo podrá interesarla, de qué modo, diciéndole la verdad o, por el contrario, mintiéndole un poco más en torno a su historia con la viajera. «Tal vez fuese oportuno añadir que me detuvieron después de dar la conferencia por proteger a dulces comunistas extraviadas o que me expedientaron por encubrir a hermosas espías pagadas por la KGB. Eso enaltecería mi papel hasta los límites de la heroicidad, pero quizá a estas alturas podría resultar patético.» No añade ningún detalle, se limita a asegurarle que, pese a sus años, sería capaz de abandonarlo todo si otra María López se cruzara en su camino, que todavía se siente en forma, que la edad no es un obstáculo insalvable. La muchacha le escucha con atención, algo incómoda, sin saber a qué viene esa declaración final de principios que, con la voz casi rota, este tipo tan particular acaba de hacerle y le dice que tiene sed, que va un momento al bar.

—La invito a tomar lo que quiera —le espeta él mientras se levanta.

Pedirá un whisky que siempre entona y ella que, es abstemia, agua mineral.

—Cuéntame de ti, por favor. ¿A qué te dedicas, qué haces, a dónde vas? —le suplica, casi arrodillando la voz.

Ella le asegura que quiere ser bailarina, como su madre, que de momento toma clases, que va precisamente a que le hagan unas pruebas, porque quiere a toda costa entrar en la Compañía Nacional. Acaba de cumplir dieciocho años y ha rodado algunos espots publicitarios, le pagan bien.

—Cuando me vea en la tele, se acordará de que me conoció en un tren... pero yo no me quedé dormida —añadió con cierta sorna.

—Trátame de tú, por favor —suplica de nuevo—. Con ese usted estableces una distancia que no me gusta y me haces viejo.

Luego volvieron a su vagón. Ella sacó del bolso un cuaderno gris en el que anotó algo. Tenía una letra demasiado menuda para los ojos miopes de él y no podía distinguir su caligrafía.

—Tomo notas para un posible cuento —dijo ella de pronto, sin que él le preguntara—. No te he dicho que me gusta escribir.

Fuera, la tarde se desvanecía como una primeriza lánguida. En la semioscuridad del paisaje iban emergiendo aquí y allá diversos grumos de luz.

—Toma una tarjeta, por si alguna vez puedo

serte útil en algo —dijo él cuando faltaban sólo unos minutos para bajar del tren.

—Gracias. Apunta también tú mis señas.

—Me gustaría volver a verte. Y por supuesto iré al teatro cuando sepa que actúas, te lo aseguro. Mucha suerte —añadió levantándose para coger la maleta.

—Por favor, déjame a mí. Ya te la bajo yo.

Fue como si de repente un alud de plomo se precipitara sobre sus espaldas y pudo sopesar la edad del universo. Salió del vagón deprisa sin darle siquiera la mano, sin decirle adiós ni gracias. Todavía oía sus últimas palabras: «Estoy segura de que la conferencia será un éxito»... ¿Cómo podía saber ella de su conferencia de hoy, si él sólo le habló de la de hacía cuarenta años? Que recordara al menos, ni siquiera se lo había insinuado... Claro que ella lo podía imaginar a tenor de lo que le había contado.

En los andenes, a través de un micrófono, alguien reclamaba su presencia en la oficina de información. Allí le esperaba la voz, sonaba mejor de cerca:

—¿Qué tal el viaje, don Joaquín? ¿Está usted cansado? Los periodistas quieren verle en cuanto lleguemos al hotel. No sé quién ha descubierto que hace cuarenta años estuvo aquí, dando una conferencia que armó gran revuelo. Qué casualidad, ¿no? En la Fundación no teníamos ni idea... Tengo el coche ahí fuera... Pero ¿qué lleva usted en la mejilla? Si parece carmín...

Barcelona, enero de 1989

La novela experimental

—Esta vez no será como las otras. Te lo juro. Esta vez lo tengo claro, perfectamente anotado en la cabeza, con todos los hilos tensos y, además, ya he empezado. Dos noches en blanco llevo sin pegar ojo. ¡Ojalá fueran veinte! No me importa con tal de ver que adelanto. Porque, no te lo vas a creer, por estos pagos nadie ha hecho una cosa así. Quizá en el extranjero. En América puede, pero no tan experimental como la mía. ¡Qué va...! Ni por asomo. Si estuvieras al día podrías comprobarlo, pero aunque no lo estés tampoco importa. Como eres espabilada, en cuanto leas dos páginas te darás cuenta... Si no te molesta, una tarde de estas en que no tengas demasiada faena te traigo una muestra. Quiero que seas tú la primera en catarlo, rubia.

Ella le observa sin escucharle, acodada en la barra, pero asiente con la cabeza de vez en cuando, con cansina suavidad. El gesto perfectamente calculado la exime de prestar atención y le permite divagar a sus anchas mientras parece que atiende, hasta con solicitud, los aburrimientos conyugales de la mayoría de sus clientes. Ya no es joven pero no tiene otro remedio que aparentarlo y se viste como si lo fuera. Lleva una camiseta escotada y una minifalda que, al cruzar sobre el taburete las piernas de avestruz, limita al norte casi con la raya del pubis. Por las noches, porque ya no está para *top less*, luce una especie de sujetador con agujeros, diseño propio.

—Te lo explicaré por encima porque de buenas a primeras es difícil, muñeca —le dice, adoptando un aire de peliculero que no le va—. Te lo explicaré por encima porque es difícil y además trae mala suerte hablar de lo que no está terminado, no me vaya a pasar como las otras veces, aunque esta vez es distinto. Te juro que le doy carpetazo en dos patadas. Y además, quién sabe si las paredes oyen y me lo pisan. En esta profesión hay mucha envidia... Acuérdate de cuando me robaron... Y no te rías... Prométeme que no se lo dirás a nadie, a nadie, Clemen, ¿eh?

Clemen sorbe agua mineral con hielo a precio de ginebra cara y niega con la cabeza sin decir palabra, esbozando una sonrisa.

—Una cosa así tan nueva, tan diferente, sólo se me ocurre a mí. No tiene nada que ver con lo de los demás. Nada. Mira, todo lo que sucede es instantáneo. Doscientas páginas o quizá doscientas cincuenta y cinco en un *flash* continuo,

90

un *flash* momentáneo. Todo sucede al minuto, en el instante en que se lee y es, además de novela, teatro, ensayo y poesía. Todos los géneros confundidos y reunidos en un solo libro, un compendio de géneros. ¿Qué más quieres? Cada página por separado puede ser representada, declamada o leída en voz alta para ser luego discutida o, por el contrario, sólo leída con los ojos del pensamiento. ¿Me sigues, Clemen? Me explicaré. Verás. Representada, eso quiere decir que sirve para la escena, para el teatro. Las acotaciones surgen del propio contexto. ¿Lo vas captando? Declamada, porque a pie de página doy diversas instrucciones y rimas para que el lector por sí mismo pueda ponerlo en verso. Leída, como si fuera novela, porque es historia y ficción y, finalmente, entendida como ensayo porque ofrezco una particular y sintética visión del mundo... ¿Qué te parece?

Clemencia tampoco contesta esta vez. Le mira envolviéndolo en un silencio casi compasivo. Luego le pasa el índice por la mejilla y le sonríe para intentar disuadirle de alargar la aburridísima perorata.

—No me distraigas, peluca de plata, que habrá tiempo luego para que hablen los cuerpos, y déjame que te cuente mi obra maestra que habrá de enorgullecerte de mi amistad, ya lo verás. Pues bien, como te decía, todo va explicado con las palabras imprescindibles, nada de las parrafadas retóricas de mis obras anteriores, nada de frases largas a las que mis años de seminario me hicieron proclive, sino todo breve. Sin adjetivos. Sustantivos desnudos, Clemencia mía, desnuditos. Telegrafía pura. Un morse inteligible, claro y no sólo para expertos, hecho de contraseñas, de guiños y complicidades, como en las batallas de amor, ¿me vas comprendiendo?, como cuando se ama, ¿me sigues? ¿Por qué, dime, en la cama apenas se habla? ¿Se dice poco, no es así? Apenas lo imprescindible, lo fundamental... Por suerte impera la ley del silencio. Pues lo mismo debería ocurrir en literatura. A la literatura le sobra verborrea y le falta fundamento. Lo vengo diciendo hace mucho, pero nadie me quiere oír. Pero ahora lo demostraré y en la primera entrevista que me hagan voy y lo suelto y caiga quien caiga. «¿Qué opina usted del panorama editorial?» Y yo: «Pura mierda, como suena». «Me importa un carajo vivo todo lo que se escribe.» Allá va. Y si se cabrean, mejor, que a mí... yo no tengo nada que perder. A mí nadie me ha dado nada, excepto, quizá, Cervantes... y está por verse. Todo por mis propios medios. Bueno, como te decía, esta vez me presento al Planeta y lo gano, luego me dan el Nacional y poco antes el de la Crítica. Fíjate bien: trío de ases... Y si esto no ocurre, es que no hay justicia y que todos son unos vendidos que sólo premian a los enchufados... Aunque en este terreno también sabré moverme. Si hay que comprar eléctricas, allá iremos... ¡Faltaría más! Lo que son las cosas, Clemen, y para que veas la seriedad del asunto, esta vez hasta la casualidad se pone de mi parte. Anteayer recibí una visita. ¿A que no dirías quién? Bueno, no importa, luego te lo cuento. Y ayer conocí casualmente a un hermano de la cuñada de la mujer de Lara que me dijo que hablaría con él en cuanto yo tuviera el recibo en la mano, conforme me había presentado, porque, por si no lo sabes, en el Planeta te dan un recibo, que me lo dijo Luis Rebollo o Rebollar, no me acuerdo bien, finalista por tres veces, tú le conoces, algunas noches venía por aquí. Ahora hace tiempo que no le veo, un tipo cascado que se sentaba al fondo para hablar con Mavita, ¿me sigues? Pues, lo que te decía, pocas palabras, las imprescindibles, las irrenunciables. Nada por aquí, nada por allá y de repente, ¡*flash!*, una paloma. Una paloma surgida de la chistera del prestidigitador y la paloma arranca un murmullo de admiración entre el público. Es la PALOMA, la única, la verdadera cuya presencia arrastra la ovación.

»Pues bien, igual va a ocurrir en mi libro. De la página, como de la chistera, por obra y arte de mi magia surge la palabra paloma sin añadidos, ni blanca ni mensajera ni suave. Espíritu puro. Pura palabra creadora de mundos, engendradora de actos. No la toquéis ya más... Lo dijo Juan Ramón... Tú no sabes quién es ni falta que te hace... Pero a lo que iba, Clemen, fuera estorbos. Abajo las rémoras. Fuera el incordio de los adverbios con su pesado cuerpo muerto, abur, abur... Fuera la lata de los adjetivos encubridores de esencias, tránsfugas de cualidades... ¡Viva únicamente el nombre!, ¡viva el verbo!, ¡viva la sustancia y la acción!,

¡mueran los aditamentos! Una prosa como agua que surja para calmar la sed del lector en un modesto vaso y antes borbotee cristalina en el origen del manantial... Buen final de discurso, ¿no te parece? Deberé anotarlo para cuando salga académico, que todo se andará, ya verás, porque para mí están guardadas grandes cosas, Clemencia, no lo sabes bien. Y para que veas que no me olvido de nada hasta la tipografía he de cambiar. Para esto también he sido designado, rubia, y seré el más revolucionario de todos. Verás, aboliré los márgenes, tanto los laterales como los de arriba y abajo. Las líneas ya no tendrán que ser rectas, podrán ser onduladas o curvas, según convenga, quizá zigzagueantes o escalonadas. Depende. Formarán figuras, ideogramas o lo que me salga de las narices. A veces se alejarán como paralelas, como horizontes infinitos y otras se encontrarán en un punto como tangentes, arracimando letras, amogoncillando posibles palabras que el lector escogerá a su antojo, ¿me sigues? De este modo la página ganará en posibilidades visuales que le aclararán las propuestas. Circularé por la página con la misma tranquila intranquilidad que por la calle, puesto que contaré con señales de tráfico y pasos preferentes, y si gusta podrá retirarse a un museo y contemplar la belleza del mejor abstracto. Me sigues, ¿verdad? Y si fuera posible —ya estudiaré con calma el asunto— incorporaré sonidos y olores... ¿Conoces algo más evocador, más sugestivo que el olor? En cuanto a la voz... estoy seguro de que muchas páginas de obras maestras ganarían aún más si de repente, como quien no quiere la cosa, el lector pudiera escuchar la voz del propio autor leyendo los fragmentos más significativos de sus páginas inmortales con la justa, exacta y precisa entonación. Piénsalo, Clemen, aunque, bueno, eso a ti... pero a mí me parece genial. Te confieso que desde hace días le doy vueltas al asunto y no puedo menos de imaginar lo que sería oír a Shakespeare recitando el monólogo de *Hamlet,* aunque a mí el tal inglés nunca me ha caído muy bien, y menos ahora que me he enterado de una cosa... Bueno, pero a Cervantes... ¿Te imaginas a Cervantes dando voz, en ciertos pasajes, al propio Don Quijote? Porque te puedo asegurar, Clemencia, que la voz de Cervantes es perfecta, agradable, más bien grave... En fin, a lo que iba, ¿no te parece que he tenido una idea fuera de serie? Mira, recuérdame que le pregunte a Carmelo Vilariu, cuando venga por aquí, si conoce algún invento parecido, él que es inventor, porque si no, lo patento. Anda, Clemen, reina, dame tu opinión, que todavía no me has dicho qué te parece.

A Clemencia Solares Expósito, soltera, cuarenta y dos años, madre de dos hijos, no le parece absolutamente nada y tampoco sabe qué contestar. De manera que se encoge de hombros y se limita a sonreír, mientras le muestra el vaso vacío para que la invite otra vez.

—Lo que a ti te apetezca, princesa, faltaría más. ¿Y todo este cambio radical para qué? Pues para mi única meta: potenciar la imaginativa del lector. Porque has de saber, Clemencia, que el lector tiene siempre la última palabra. Porque, en el fondo, dime: ¿Qué es un libro sin unos ojos que lo lean? Nada. Un libro sólo cobra sentido si se lee, se dice ahora, pero yo ya lo sabía hace un siglo cuando enseñaba el ABC a mis primeros alumnos... Y a mucha honra. ¿A que tú no sabes que entre mis párvulos de entonces cuento con dos académicos? Pablito Piferrer, el laureado poeta, y el filólogo Roberto Marcusino... Mira por dónde mis enseñanzas quizá hayan tenido en ellos una compensación crecida. Porque yo siempre les decía: «Niños míos, hombres del mañana, respetad los libros. En los libros se compendia el universo entero, si sabéis leerlos». Pues eso, Clemen, la letra impresa es siempre cosa de los ojos del lector... O de las manos, no creas, porque en estas páginas que tengo acabadas, de todo hay, como en botica. Algunas, ni te cuento, son totalmente porno, excitantes, masturbatorias y animadoramente provocativas hacia el otro sexo. Fíjate que no digo cuál, porque otra de las cualidades de mi obra es la ambigüedad, ¿qué te creías? No me vengas ahora con que quiero dar cancha a los travestis, que no mujer, que no es eso, que ya sé que os hacen una competencia desleal. No me refiero a ellos. Para nada. Sino a que, como hay muchas lectoras mujeres —¿a que no te lo imaginabas? Pues sí, un montón— pues hay que tenerlas en cuenta para que te compren y te sigan comprando al sentirse incluidas, y todos felices. Aunque pienso dejar bien claro que el punto de vista dominante es el del varón. ¡Faltaría! Así que si el lector, o la lectora, quieren meterse mano a sí mismos, pues adelante. Están en su derecho. También están en su derecho de metérsela a su prójima o prójimo si lo tienen y se deja, o de irse corriendo a una casa de putas, con lo cual las profesionales del ramo me lo agradecerán e incluso, como quien no quiere la cosa, me refiero a los servicios esmerados que las camareras de esta casa prestan a los clientes, pongo al desgaire el nombre de este local e incluyo el tuyo. Así, como lo oyes.

Clemencia vuelve a beber agua que ella misma se ha servido a modo de ginebra y bosteza sin ningún disimulo, hartísima y molesta, como cada vez que alguien se mete con su profesión, porque no tolera las bromas relacionadas con el oficio.

—No me digas que prefieres hablar de fútbol con cualquier pelagatos o que te cuenten desgracias de cornudos —le espeta para provocarla—. Deberías estar contenta de tener un cliente escritor, un escritor de talento, que promete, que por fin va a ser reconocido. Anda, Clemencia —susurra casi—, aún no me has dicho qué le encuentras, ¿qué te parece mi proyecto?

—Qué quieres que te diga, me gustaba más el otro.

—¿Cuál?

—El primero, el mío. Era el mejor de todos los que me has contado.

—Los tiempos han cambiado, cariño. Las historias como la tuya no están de moda. No sirven, no venden. ¿Entiendes? Se han escrito muchas de este estilo. Si entonces hubiera podido terminarla, sí que hubiera sido un éxito. Sin duda me hubieran dado el *Espejo de España*, que es de ensayo. Pero ahora no, ya que no se lleva... La guardo, no te vayas a creer, por si acaso... En una carpeta, la tengo archivada, no sea que algún día pueda sernos útil. No hay tiempo que no vuelva. Nunca se sabe, y menos en literatura. Menuda puta está hecha, con perdón... Ahora lo que funciona es algo rápido, excitante, con marcha, que te abra los sentidos, que te coloque en dos patadas. Un libro total, ¿comprendes? Esta vez no me equivoco... Y es que no puedo equivocarme... Cuento con un protector, con el mejor de los padrinos... Sorprendida te quedarás cuando lo sepas.

—Algo te pedirá a cambio —interrumpe Clemen, rotunda.

—Al contrario, nada. Sólo que triunfe. Sólo que sea el mejor. ¿Quién era el mejor en el XIX? Galdós, ¿estamos? Pues en el XX, yo, Daviu, Matías Daviu, Clemencia, el mismo que viste y calza. No puedo fallar, no puedo equivocarme. No le puedo dejar en la estacada después del honor que me hace al escogerme. Y no le dejaré. Te lo juro. Lo tengo claro. Todo metido ahí en el caletre. Será dinamita pura. O mejor, amonal mezclado con metralla. Un bombazo que hará temblar los cimientos literarios de la nación.

—Creo que estás loco, Matías, y ándate con cuidado, no te vayas a meter en un lío.

98

—Anda, Clemencia, anda, que es un decir. Hay que entenderlo literariamente. Ya me veo abriendo la década en letras de molde: «Matías Daviu arrasa». «Cambios revolucionarios en la literatura española: resucita Cervantes» o «Matías Daviu inaugura el género total». ¿Qué te parece? Como titulares no están nada mal.

—Qué quieres que te diga, a mí todos estos escándalos no me gustan nada.

—Es que no entiendes, Clemencia, y lo siento. Tus ánimos me vendrían muy bien.

—A mí la que me gustaba era la mía. Fue una lástima que no la acabaras, te lo aseguro —reitera ella con fastidio, mientras se levanta—. Me voy a telefonear porque, como dices tú, me estoy telefoneando.

Mientras, Daviu enrojece porque teme los desabrimientos de Clemen cuando le recuerda, siempre que a él se le ocurre alguna nueva idea, que ni siquiera fue capaz de acabar el libro documento que empezó con su ayuda. «Ya verás —le decía las tardes en que se presentaba en el local de alterne que ella regentaba, con una libreta en la mano y el bolígrafo sobresaliéndole del bolsillo de la chaqueta—. ¡Ya verás qué obra, Clemencia! Nos haremos ricos porque las ganancias, para empezar, serán a medias y tú podrás poner una peluquería y dejar todo esto si te apetece, y acostarte el resto de tu vida con quien te dé la gana, sin necesidad de cobrar. En cuanto a mí, ni te digo. Todo me vendrá rodado. Me llamarán de un montón de editoriales y me pedirán artículos y libros de encargo, y yo diré éste quiero y éste no, y discutiré las condiciones, los plazos de entrega y los *royaltis*, si es que no me agencio a la Balcells, como Cela y como Gabo y como Mario... Eso ya lo decidiré luego. Y me haré famoso denunciando la injusticia, las lacras de la sociedad, la hipocresía, para que historias como la tuya, nena, no vayan a suceder otra vez. ¿Estás conmigo, Clemen? Y quién sabe si a ti en vez de la peluquería no va a interesarte más lo de la tele. Porque mira, a la presentación, que será por todo lo alto en un hotel de lujo, vendrá la tele y te harán entrevistas. ¿Quién no te dice que no vayan a darte un contrato y un programa?... Palmito no te falta, rubia, que a buena no te gana ni la Madre de Dios, y mira quién te lo dice... Pues en cuanto te lo den, tú les adviertes que yo seré el guionista, porque en el fondo, Clemen, yo soy tu Pigmalión...»

—Pigmalión... —dice ahora en voz alta como si contestara a la pregunta del camarero con el nombre de su cocktail predilecto. «Pigmalión» repite para sus adentros, como suele hacer cada vez que recuerda de memoria viva sus parrafadas, como cuando aprendía en lengua masai los sermones para predicarlos en las misas dominicales a los indígenas convertidos de la misión... No, la historia de Clemencia ya no sirve. Tampoco la del rapto del Príncipe por un comando estalinista —¡a estas alturas!— y su posterior educación en presidio para que, tras adquirir el síndrome de Estocolmo, implantara por fin la revolución. Ni la que le ocupó a máquina casi cien páginas, en la que desgranaba asuntos de teología moral. ¿Era culpable el misionero que disparaba sobre una multitud de catecúmenos? En realidad, su intención era enviarlos directamente al Cielo sin tener que soportar siquiera las penas del Purgatorio. Pero ¿a quién interesaban los asuntos religiosos en la sociedad de hoy? Probó con la novela negra, pero no se le daba... Ahora, por fin, estaba en el camino seguro y quizá después retomaría alguno de los proyectos fallidos cuando, tras el éxito, las editoriales se interesasen por todo lo demás. Porque el resto de su producción, ¿qué era sino el antecedente de su obra cumbre? El cuaderno de prácticas, el borrador silvestre, el esbozo, el preludio de la gran sinfonía final, el ensayo general de la gran representación. Porque la gracia de *Flash, flash*, título provisional —aunque menudo anglicismo, ¡toma castaña, Miguelito, que va por ti! y hasta Clemencia lo ha visto con su talento natural— es que todo funciona al unísono. Todo.

Clemen acaba de acodarse nuevamente en la barra.

—Perdona, chico, la línea estaba ocupada... No me has dicho si termina bien, como la mía.

—Los finales felices son agua pasada. El argumento es lo de menos. Ahora se trata de otro intento, de otra historia. ¿Comprendes, Clemencia?, de subvertir el orden, de dinamitar los cimientos...

—Yo que tú escribiría la historia de la dulce Neus, que ésta sí que tuvo cojones, la mala bestia, aunque me gusta más la del Lute, pero llegas tarde. Ya la echaron por la tele. Y qué bueno estaba Imanol Arias. Si algún día cayera en mis manos, ni los rabos... ¿entiendes?, ni los rabos iban a quedar de él. Me lo comería enterito, si se dejara, que no iba a ser fácil. Mira, si tú terminas la novela pide que él te la ponga en la tele y entonces tú me lo presentas, y que me firme un autógrafo...

—Esto está hecho, Clemencia. Supongo que lo prefieres con foto, ¿no? Pues, tuyo. En cuanto me lo presenten voy y se lo pido. Yo creo que podría hacerlo bien. Y si no se amolda, otro, porque mi personaje, no te vayas a creer, es muy suyo. Tiene cosas de mí pero no soy yo exactamente. También es funcionario de Correos, pero esto no se dice en la obra. ¿Para qué? El lector no gana nada con saberlo. Digamos que es un dato superfluo, una nadería. Lo importante es ver a Miguel Ángel, porque se llama Miguel Ángel, ¿qué te parece?, como tu hijo. Ya sé que me hiciste caso cuando te propuse el nombre que es mi predilecto. Fíjate: Miguel Ángel Buonarotti, el coloso. En apariencia normal, y por dentro esa capacidad creadora del artista que puede remontarse hasta las cumbres más agrestes. Lo peor, Clemencia, créeme, no es concebir la historia, lo difícil es la lucha por la creación, porque en el fondo todos los escritores escribimos de un solo tema para conjurar los demonios, como me dijo un día Mario, paseando por las Ramblas. Ya en mi otra obra la lucha estaba presente, la lucha por salir de la prostitución, ¿entiendes, rubia de mis entretelas? El hombre, pues, enfrentado a sus contradicciones, a su escisión. Éste es el meollo. Mira, te lo explico con un ejemplo personal. Yo estoy por la mañana clasificando sacas, comprobando códigos, embebido en la rutina de la maquinaria estatal —no olvides que pertenezco a un Cuerpo del Estado y que en estado de emergencia pueden militarizarnos—. Pues bien, estoy allí en mis tareas matutinas. Con el piloto automático atiendo a cuanto es necesario, pero mientras me escapo, ando por otros lugares y voy y vengo pendiente de mis afanes de escritor, de mi trabajo intelectual, como si estuviera encerrado en mi despacho rodeado de libros, atento únicamente a los problemas de la creación. ¿Y en qué sitio estoy más de verdad? Tú dirás que en la oficina, donde me siento sin moverme ocho horas. Pues no creas, estoy a medias, con las manos, pero sin la cabeza. La cabeza trabaja en el otro lugar. Eso es complicado, pero fácil, ¿no te parece? Es como cuando tú decides oír a tus clientes, como quien oye llover, y estás pero te vas con la cabeza a otras cosas. En el fondo, Clemen, y no es la primera vez que te lo digo, vosotras y nosotros somos parientes. Las hetairas y los poetas. Alguien lo dijo. ¿Quién fue? No me acuerdo ahora. Da igual. Porque amáis sin saber a quién y ni siquiera amáis...

—Contigo no —susurra Clemencia casi al oído—. Contigo siempre ha sido diferente, Matías. Y pensar que te hice un hombre...

—Te debo el primer polvo. Es cierto, es cierto... La libertad de follar. Desde que sé que esta vez lo consigo ni pienso en el sexo. Al escribir me tiro el universo entero y lo fecundo, rubia. ¿Tú sabes el poder que otorga esta sensación? No la cambiaría por ninguna otra. Te lo juro. Como que me hice cura y estoy más que curado... Además, Clemencia mía, hay otra cosa, otro punto importantísimo que no sé si debo decirte. No sé si estás preparada para poderlo creer, pero te juro que es absolutamente cierto, rubia.

—Por Dios, Matías, en qué líos andas ahora.

—Te lo diré por el cariño que te tengo y guárdame el secreto. A veces pasan cosas raras, cosas especiales, no a todo el mundo, claro, sólo a unos pocos. Tú misma, además, me comentaste el caso de aquel escritor bajito, aquel tan feo con cara de mono, ¿te acuerdas?, que viste en la tele..., te acuerdas, ¿verdad?, a quien se le había aparecido la Virgen... Pues bien, a mí hace dos noches, justo antes de comenzar esta obra, se me apareció, no la Virgen que tantas veces vi junto a mi cama en el Seminario consolando mis noches de celibato, sino otra persona. Y no un Santo, aunque en el Cielo está. Te lo puedo jurar porque estoy seguro... Te lo describo como si lo viera: de nariz aguileña y rostro enjuto, barba canosa y pelo blanco, algo desdentado en honor a la verdad, pero de continente noble y facciones regulares.

»—Soy el manco inmortal —me dijo en cuanto reparó en que le había visto—; no temas. He venido para augurarte grandes éxitos, nobles hazañas que sólo para ti han sido guardadas desde los siglos de los siglos. A mi imagen habrás de renovar la novela demostrando a todos tu valor.

» —¿Cómo ha de ser eso? —le pregunté ya que no podía dar crédito a lo que veía y me frotaba los ojos para librarlos del sueño—. ¿De qué manera podré hacerlo? Vos sabéis que, en puridad, nunca he podido terminar nada. ¿No podríais vos, ya que os habéis dignado apareceros, darme el pie?

» —Así ha de ser —me contestó—. Desde ahora quedas bajo mi protección. Yo viviré en ti, triunfaré en ti y con mi aliento te daré vida y ser. Dios todopoderoso me concede una vez por siglo un don. Puedo reencarnarme parcialmente... En el siglo pasado le tocó a Galdós. En éste has sido tú, Matías Daviu. Dime, ¿no estás contento? Con mi ayuda llegarás a ser el *number one del ranking.*

» —Cepos quedos —le contesté yo—, señor Don Miguel. Eso me huele a trampa saducea. Deberé pediros alguna prueba de que en realidad sois vos, porque, ¿cómo siendo el paradigma de la lengua patria osáis hablar en inglés?

»Porque tú, Clemencia, no puedes percatarte de lo que esto significa. Es como si el Papa os otorgara indulgencia plenaria a todas vosotras cada vez que ejercéis vuestra profesión. Un desafuero.

» —Los tiempos han cambiado, muchacho, tanto que hasta allá arriba llegan las salpicaduras de la bajiparla de la siempre pérfida Albión, aunque, a decir verdad, en mi caso la culpa es de Shakespeare, mi vecino de cuarto. No sólo me gana todas las tardes la partida de dominó, sino que además me contamina con sus anglicismos. En fin, créeme que lo siento. Me enmendaré.

»Y mientras decía esto, como si se hubiera sentido avergonzado, por tamaña metedura de pata, desapareció de repente sin despedirse ni darme el pie que me había prometido... Y eso ocurrió hace dos noches, Clemencia mía, pero aun así yo lo tengo por un aviso, un augurio estupendo de que, en efecto, me va a cambiar el porvenir. Pronto me llegarán otras pruebas, estoy seguro. Mientras, ya ves, he empezado a escribir. Y, dime, ¿no te parece un proyecto extraordinario? Si Cervantes está conmigo, no hay *Planeta* que se me resista...

Deià, verano de 1989

Las cartas boca arriba

Como cada mañana desde hacía dos semanas lo primero que hizo fue darle a la tecla del ordenador. Esperó unos segundos hasta que aparecieron en pantalla las noticias más importantes del día. Pulsó otra vez para examinar con todo detalle los apartados dedicados a cultura. Tenía el convencimiento de que muy pronto saldría otro suelto que le permitiría saber por fin a qué atenerse, si debería acelerar las cosas o, por el contrario, podía ir preparándolo todo sin prisas.

A estas alturas, las personas que en el pasado se hubieran desvivido por tenerle al corriente a buen seguro le habían olvidado y nadie se iba a tomar la molestia de telefonear siquiera, para darle nuevas. El ordenador, conectado con la terminal del *Gran Diario*, constituía, por lo tanto, su mejor fuente de información, ya que por su parte se negaba a hacer otras averiguaciones. Precisamente había sido el periódico o, mejor dicho, el ordenador el que de improviso a las 10.30 en punto del domingo 2 de abril, cuando hacía ya mucho tiempo que había dejado de pensar en su promesa, le ofrecía la posibilidad de renovarla ya que, por fin, parecía que el momento había llegado.

En aquella primera gacetilla se afirmaba que había ingresado en urgencias para «someterse a una delicada intervención de cirugía cardíaca». La noticia le llenó de desasosiego. Se pasó el día revolviendo el apartamento. Buscó en el fondo de los cajones. Desordenó el altillo. Miró incluso en los anaqueles detrás de los libros. Luego, de pronto, recordó que desde hacía años, en previsión de que a Mónica o a Azucena, en alguno de sus viajes, les diera por hurgar, había encerrado el grueso de la correspondencia en la caja fuerte del Banco con otros papeles suyos, bien parapetados detrás de carpetas con documentos, sobres con escrituras, valores y algunos títulos y paquetes con las pocas joyas familiares que aún le quedaban.

Cuando cuatro días más tarde una columna en las páginas de cultura, tras un extracto de su biografía, aseguraba que «su cansado corazón parecía haber resistido bien el cambio de válvula y que, por el momento, no se temía un desenlace tan fatídico como irreversible», suspiró con alivio. La noticia le había levantado mucho el ánimo. Aún le sobraba tiempo. Por de pronto, ya tenía ordenada la correspondencia, fechada entre marzo de 1988 y abril de 1989 y clasificadas las 120 cartas de las que al menos unas cincuenta tenían mucho interés. Si tal como parecía, las cosas iban más despacio, podría releerlas todas.

El 15 de abril, sábado, una corazonada le llevó a conectar de madrugada el ordenador. Pero esta vez fue la radio la que le sacó de dudas mucho antes que la pantalla: «Había entrado en un coma irreversible». En el programa, las voces de dos *prestigiosos* críticos carroñeros, sin duda grabadas de antemano, en previsión del desenlace, examinaban su obra. Los juicios eran tan campanudos como si acabara de morir. «Se han adelantado», pensó. Luego, las páginas del *Gran Diario* confirmaban ya la noticia en primera plana. «El óbito —escribía el cronista— parece inminente.» Dejó el ordenador conectado con la terminal del periódico, por si aparecían más noticias, y apagó la radio. Los enlutados críticos se habían despedido ya y el programa carecía de interés.

Sobre la mesa del salón perfectamente ordenada estaba la correspondencia. Sus cartas, dobladas en tríptico, ya no conservaban ni el más leve rastro de su perfume; pero, en cambio, preservadas del contacto contaminador del aire polucionado, mantenían intactos los trazos de su letra y ni siquiera el color del papel estaba desvaído. Al contrario, mostraba el mismo blanco impoluto en el que destacaba el membrete de la Real Academia y el nombre de su Excelentísima persona, como si acabara de ser estrenado. Sonrió porque no pudo evitar recordar hasta qué punto este hecho, que resultó decisivo treinta años atrás, seguía teniendo una enorme importancia, sólo que ahora jugaría a su favor. Entonces, que sus juramentos estuvieran escritos en papel oficial, en papel de la Real Academia de la Lengua, le parecía la mejor prueba de la seriedad de sus intenciones. Custodiadas por el membrete de la Institución, a modo de santo patrón, ángel tutelar o virgen milagrera, sus palabras tenían doble garantía de firmeza. ¿Cómo resistirse a creerlas? Las creyó, pues, al pie de la letra. No era para menos, dada la situación. Al fin y al cabo, de por vida, ocupaba la F mayúscula, «F de felicidad, gracias a ti, por supuesto, amor mío», le había escrito ya en un primer papel. Pero ahora, después de tomarse la molestia de releerlas minuciosamente, sopesándolas para hacer una buena selección, quizá porque su credibilidad hacia instituciones y personas dejaba ya mucho que desear, consideró que hasta un niño de teta hubiera sido capaz de darse cuenta de hasta qué punto no eran más que una sarta de lugares comunes que cualquier seductor de pacotilla, a buen seguro, también empleaba. Tanto mejor, pensó.

Para hacer la selección no había tenido en cuenta la variedad, que por desgracia era poca, sino al contrario, había escogido las cartas más monocordes y reiterativas, las más solícitamente apasionadas y hasta obscenas —«No sabes, tormento mío, amor mío de mis entrañas, con cuánta insistencia, de qué estúpido modo,

110

muchas veces repito ante tu fotografía absurdos ejercicios manuales»—. Había incluido también dos de menor interés, porque tenían la *gracia* de contener tres estupendas faltas de ortografía y una puntuación defectuosa. Y junto a la antología, formada por un total de treinta cartas, preparó también un pequeño poemario inédito que le había dedicado y en cuyos versos aparecía siempre su nombre. La verdad es que se trataba de versos bastante maluchos. Sus dotes para la prosa eran, claro, infinitamente superiores, pero aun así podía tener gancho su recuperación.

Dos semanas más tarde, consiguió hora para que el director de la Fundación del Banco del Progreso le recibiera el 3 de mayo a las once. La amabilidad de su secretaria, al menos por teléfono, hacía sospechar que el asunto les interesaba bastante. Escogió un traje gris, como de alivio de luto —¡qué ironía!— que le sentaba bien. Compuso ante el espejo del baño su rictus más compungido y una expresión entre digna y desvalida, y salió a la calle.

A las once menos tres minutos preguntaba en la oficina de información. A las once y cinco don Juan Manuel Álvarez de Puga le hacía pasar a su despacho. A las once y cuarto la entrevista había concluido, pero las cartas se habían quedado allí para ser examinadas, junto a los poemas. Apenas había tenido necesidad de justificarse. Don Juan Manuel había comprendido a la perfección. A su penosa situación económica —una irrisoria pensión que no le alcanza-

111

ba— se unía también el orgullo de haber mantenido y, sobre todo inspirado, una relación tan apasionada a una personalidad tan relevante. Sus pretensiones, en relación al primer aspecto, no bajaban de los cinco millones, y en cuanto al segundo, le bastaba que se consignaran algunos datos biográficos personales en el prólogo. Ninguna de las dos cosas le pareció excesiva al director de la Fundación o, al menos, no lo demostró. Al contrario, quedó en que muy pronto le podrían dar una respuesta.

Se permitió el lujo de volver a casa en taxi, a cuenta del éxito del negocio de su vida. Así no pasaría miedo al tenerse que internar en la parte vieja de la ciudad, donde a cualquier hora del día los asaltos eran normales. Aunque en su caso, y desde que había leído en la pantalla la noticia definitiva, se había operado una lenta transformación que ahora le alejaba de ser un blanco vulnerable. Tenía la seguridad que su insensibilidad le proveía también físicamente de una especie de coraza de hierro, especialmente efectiva, contra los objetos contundentes que no harían sino rebotar en vez de herirle. No sólo no pudo derramar una lágrima por su muerte ni dedicarle un *piadoso recuerdo*, como se decía en su época, sino que incluso le costó disimular, ante el joven directivo, la felicidad que le producía, por fin, poder cumplir su promesa. Ni siquiera la nostalgia le había hecho mella, quizá porque se negaba a cualquier resquicio de antigua ternura, por insignificante que fuese. Al contrario, dejaba que el despecho,

112

la rabia y un infinito deseo de venganza le invadieran por completo, ahogando cualquier otro sentimiento. Se relamía de pensar con qué gusto los enemigos —pero incluso los que en vida se dijeron amigos suyos— leerían sus cartas. Suponía que a nadie se le escaparía su estilo huero o su baja categoría humana, ni siquiera hasta qué punto sus escritos ponían de manifiesto una actitud auténticamente depredadora. Suponía que a estas alturas también los críticos que tanto botafumeiro estaban manejando, no tendrían más remedio que parar el brazo y admitir que estaban pésimamente escritas.

Cuando la amabilísima secretaria de don Juan Manuel Álvarez de Puga le avisó para que se personara el día diez a las 12.15, no cabía en sí de ansiedad. Las setenta y dos horas que le separaban de la fecha las pasó consumido por el nerviosismo. Por fin volvió a ponerse el traje gris. En realidad, era el único que tenía un poco presentable. Intentó colocarse de nuevo el rictus compungido y dio los buenos días al recepcionista a las 12.12. En seguida le atendió el propio don Juan Manuel. Él mismo había examinado minuciosamente la correspondencia y los poemas. El material le parecía de un gran interés, pero no quería mentirle: tenía otras ofertas parecidas. Tres personas más, para ser exactos, le habían ofrecido más cartas y poemas de cuyas similitudes no cabía dudar. Él mismo había hecho las oportunas comprobaciones. En los poemas, por ejemplo, sólo se variaba el nombre del destinatario, aunque a menudo esa variante daba pie a un verso cojo o sobrado de sílabas...

No tuvo necesidad de preguntar si las otras cartas habían sido también escritas con el mismo papel con membrete y por las mismas fechas, porque don Juan Manuel le confirmó esos otros pormenores comunes. Fueron como sucesivas descargas eléctricas que le dejaron mucho más que perplejo, anonadado. Siempre sospechó que ella, aunque se lo negara con insistente y más que apasionada vehemencia, había tenido otros amantes y que los seguiría teniendo cuando se cansara de él, pero nunca que jugara con tantas barajas a la vez, ni que fuera capaz de escribir con falsilla. Claro que en realidad tal vez con todo esto no había hecho otra cosa más que ajustar su comportamiento a los de sus colegas masculinos, los otros inmortales. No en vano era la tercera mujer que había ingresado en la Real Academia de la Lengua con méritos sobrados.

—Créame que nos ha sorprendido a todos. Ayer mismo recibí a otra de las personas afectadas —le sacó de sus cábalas la voz un poco aguda de don Juan Manuel—. Nosotros seguimos interesados en su publicación, por supuesto. Pero, claro, deberemos hacer una selección entre las cartas que todos ustedes han aportado... Y esto rebajará la cuantía de la compensación económica que, en este momento, no estoy todavía autorizado a señalar.

Salió apresuradamente sin acertar a despedirse con cordialidad. Al fin y al cabo don Juan Manuel no tenía la culpa, y se había portado con él hasta con cariño y, sin duda, también con los demás, a los que en este momento hubiera abofeteado en vez de manifestarles su solidaridad por la tomadura de pelo en común. «La muy zorra —pensó—, aun después de muerta sigue mandando, como una reina.» Y un sollozo —el primero— se le escapó mientras tomaba el ascensor que le dejaría en el vestíbulo, a punto de salir a la calle, deshecho en hipos como la primera viuda.

Barcelona, abril de 1989

La petición

Para E.B., con gratitud

A lo largo de año y medio había escrito dos oficios, cuatro cartas y cinco instancias. Nadie se molestó en contestar a las primeras, ni hizo ningún caso de las segundas. En cuanto a las instancias, tres le fueron rechazadas por no llevar las oportunas pólizas, y una no admitida precisamente por todo lo contrario: tenía pólizas de más y en el registro, desde hacía exactamente dos días y tres horas con nueve minutos, aplicaban a rajatabla el Real Decreto del 14 de marzo de 1986 (BOE del 16-3-86) que las suprimía del papeleo de por vida.

Fue en la misma sección del Registro General de la Consejería (según se entra, al fondo, a la izquierda, por favor, no tiene pérdida) donde una amable señorita le ofreció, por fin, la posibilidad de rellenar de inmediato con sus datos personales un modelo tipo y entregarlo allí sin más demora. Aquél fue el único papel que con diligencia llegó a su destino. Un mes y medio después, en una circular impresa le contestaban, con estupenda circunspección, denegándole el permiso que con tanta insistencia desafortunada había pedido.

Desanimada pero no vencida, intentó replantear la estrategia y optó por pedir una entrevista con el Honorable Consejero del ramo, destinatario también de sus escritos. Agradeció a Dios y a la Santísima Virgen *dels Aiguamolls*, su patrona, que su asunto pudiera tramitarse en territorio autonómico porque su empeño en llevarlo adelante era tal que ya se veía pidiendo tanda ante la puerta de cualquier subsecretario de la Administración Central.

Le entraban sudores fríos sólo de pensar que se vería en la obligación de usar el castellano, lengua en la que no tenía fluidez y en la que siempre, inexorablemente, le bailaban las preposiciones. Tener que ir *en Madrid* o *a Madrid* —¿cómo es, Dios mío?— le hubiera resultado de lo más molesto.

Dio, pues, por bien empleados los miedos, sofocos, agobios y demás molestias sufridos en las manifestaciones a las que había asistido para pedir l'*Estatut*, y hasta quitó importancia a la leve cojera que anexionó de por vida, precisamente a causa de su fervor nacionalista. Claro que, en realidad, no fue sino un accidente que igual le hubiera podido pasar en cualquier otra aglomeración, en el metro a una hora punta, sin ir más lejos. El hecho de que todo hubiera sucedido en la Plaça de Sant Jaume y justo en el momento en que el presidente Tarradellas acababa de decir: «*Ciutadans de Catalunya: Ja sóc aquí*», le daba casi categoría de herida heroica. Y el inocente-culpable del descomunal pisotón, al fin y al cabo, no era sino un enfebrecido patriota, un *xiquet* de Valls de los más fornidos que ni siquiera notó que durante cinco minutos su *xiruca* descansó sobre la sandalia veraniega de la vecina.

La secretaria del secretario del Honorable Consejero le dio unos impresos en cuyos espacios punteados debía especificar los motivos por los que solicitaba la entrevista. También tuvo que rellenar con sus datos personales un extenso cuestionario para ser archivado en el ordenador donde se computaban el número, sexo, profesión, estado civil y lengua oficial, entre otras minucias, de los visitantes que anualmente pasaban por aquella *honorable conselleria*. Estas encuestas permitían mejorar en el futuro los servicios prestados a los ciudadanos en cuyo beneficio, por descontado, se recababa la información. Al terminar, la amabilísima secretaria que le había atendido le aseguró que la agenda del Honorable Consejero estaba repleta de importantes reuniones y no menos trascendentales viajes, y que debería tener paciencia y esperar. Sería avisada de inmediato, en cuanto se produjera el oportuno hueco.

Dos meses más tarde rellenó de nuevo otros

impresos semejantes, dirigidos esta vez al Director General del Departamento, ya que el Honorable Consejero desde que ocupó su cargo había —y con muy buen criterio— diversificado funciones, y era su mano derecha, el Director General de planificación, a quien correspondía dictaminar qué autoridad debía recibir a la señora en caso de considerar pertinente la visita.

Seis semanas después hacía cola delante del despacho de un Jefe de Servicios que no pudo recibirla, pero que a través de un colaborador directo le informó que haría lo posible para que su petición fuese atendida: reclamaría al archivo la documentación existente sobre su caso y él mismo la examinaría. Le rogaba otro poco de paciencia, una o dos semanas de espera tan sólo.

Pasaron cuatro. Pero esta vez no se limitó únicamente a mirar con entusiasmo las tachaduras con que cada día eliminaba media página de su agenda, asegurándose: «ya falta menos», sino que quiso poner también de su parte alguna otra iniciativa para que las cosas esta vez salieran bien. Así que empezó por averiguar los gustos, aficiones, estado y filiación política del Jefe de Servicios, si era de Unió o convergente, si votaría la independencia o sólo una federación de repúblicas, si tenía al menos un pasado de luchador, si era autóctono o advenedizo. Y no para tratar de sobornarle, naturalmente, sino para poderle convencer con mayor facilidad, conociéndole al menos un poco.

Se sintió muy animada cuando supo que Pere Martorell i Casacuita, de 50 años, padre de familia, con antecedentes eclesiásticos en primer grado, por tanto ex misacantano, militante de Convergencia y pujolista convencido hasta en los tics, era muy aficionado a la literatura. Decidió, con la excusa de que los dos libros editados se habían distribuido mal, mandárselos acompañados de una carta escrita a mano y en tono confidente (lo que no había podido hacer con los demás papeles enviados y de ahí quizá su fracaso), en la que le explicaría los motivos de primerísimo orden que la impulsaban a la necesidad de obtener el permiso.

Le contaba que ahora sí, por fin, había dado con el argumento adecuado de lo que iba a ser su gran novela, su gran obra de madurez. Le faltaba sólo desarrollarlo con la documentación necesaria, y eso sólo era posible si podía contar con un material de primera mano. Porque las escenas que había empezado ya a describir estaban faltas de nervio —lo reconocía— y pedían a gritos la autenticidad que, únicamente, la experiencia otorga.

Estaba segura de que sólo viviendo en carne propia la falta de libertad, compartiendo con otras mujeres, las privaciones, humillaciones, horarios y recuentos que supone el hecho de estar a la sombra, se sentiría en disposición de acumular la inspiración necesaria para poder proseguir su obra. Ahora sí que, por fin, había dado con un tema original que interesaría, sin duda, a los editores que ya no le pedirían dinero para publicar sus libros. Gustaría a los críticos que, de una vez, se iban a ocupar de ella, y entusiasmaría a los lectores. ¿No había sido *Papillon* un *best-seller*? Lo suyo era aún mejor, tenía mucho más gancho. Ya se veía, si contaba con la ayuda de Pere Martorell, ocupando el primer o segundo puesto del *hite parade*. Ofrecía, para que su estancia en chirona no fuera gravosa para las instituciones, pagarse los gastos que pudiera ocasionar, además del condumio o hacer un donativo equivalente a la Dirección General de Instituciones Penitenciarias. Aseguraba que estaba preparada para alfabetizar en lengua catalana a cuantas presas o funcionarias quisieran beneficiarse de un reciclaje gratuito, pero que tampoco le iba a hacer ascos a la limpieza de letrinas, con tal de estar en la cárcel. Y acababa asegurando que soñaba a todas horas con las rejas y los altos muros del mismo modo que los presos y las presas debían soñar con el horizonte infinito y los caminos sin fronteras. Por todo ello apelaba a la sensibilidad artística del honorable funcionario para que le concediera el anhelado permiso.

Ella misma entregó al portero del domicilio particular de Pere Martorell un precioso paquete que contenía la carta y sus libros *L'espigolaire del blat i el misteri de la barretina perduda*, novela policíaca, y el poemario *Murta i farigola*, ambos dedicados, con escuetas y cómplices palabras: «*A Pere Martorell, l'home sensible que no sap negar un favor*», y «*A Pere Martorell, visca Catalunya*».

Tres días después la avisaron de que su entrevista había sido concertada para el día siguiente a las diez en punto. Le rogaban una puntualidad estricta. Escogió un traje chaqueta azul marino que la adelgazaba un poco y maldijo su mala suerte: tenía el pie excesivamente hinchado, y no podía ponerse tacones. Rechazó la imagen que le devolvía el espejo y se buscó en una fotografía que sobre la mesilla de noche le sonreía treinta años atrás: «Deséame suerte —le susurró—, voy a necesitarla. Ojalá pudieras ir tú en mi lugar», murmuró de nuevo en voz baja, mientras acariciaba, sobre la superficie del cristal que lo resguardaba, su propio rostro joven. Siempre obraba del mismo modo últimamente, cuando debía resolver algún asunto importante. Antes de encomendarse a Dios y a la Santísima Virgen *dels Aiguamolls*, su patrona, buscaba en su propia imagen pasada la fortaleza necesaria y una cierta malicia seductora que creyó poseer.

A las diez menos diez pulsaba el botón del ascensor del primer piso por indicación del conserje. A las diez en punto entraba en la salita de espera y comenzaba a ojear una revista ilustrada que, a todo color, y en magnífico papel *couché* daba cuenta de las realizaciones llevadas a cabo por la Honorable Consejería desde que el actual equipo se había hecho cargo de ella. A las once menos cuarto el Jefe de Servicios la recibía de pie, detrás de la mesa. Era bajito, de prominente abdomen y cabeza planetaria. Pese a su gomosa amabilidad, una sonrisa un tanto burlona le delataba. No, no se la tomaba en serio. Le dio de pasada, sólo de pasada, las gracias por los libros, no acusó recibo de su carta y decidió ir al grano desde el primer instante. «*Per feina*», le repitió. Había expuesto ante el Muy Honorable Consejero su caso, lo había hablado con el Director General, lo había examinado con el Subsecretario.

—A estas alturas, mire usted, todos los altos cargos de la Consejería conocen sobradamente la *problemática* y todos, absolutamente todos, lo ven bajo el *mismo prisma* y tienen la *misma óptica sobre el tema*. Y a *nivel personal*, también yo opino lo mismo y pienso *de que el* permiso le debe ser denegado *en base a su* seguridad, a su propia seguridad, señora mía.

Ella replicó que qué podía temer una mujer de cincuenta años o quién tendría interés en hacerle daño o molestarla y por qué causa. Era absurdo. No había nada, ningún motivo que indujera a poderlo sospechar siquiera. Además estaba decidida a correr ese riesgo. Le firmaría un pliego de descargo en el que recabara para sí toda la responsabilidad.

Pere Martorell la escuchaba impaciente. Su mano gordezuela jugaba con un abridor de cartas. Acompañaba sus palabras con gestos que a ella le parecían impropios de un hombre de su categoría. Fruncía el ceño y a la vez guiñaba un ojo cada medio segundo con precisión matemática y énfasis avasallador.

—Los tiempos que corren son, ¿cómo le diría?, son difíciles, señora. Las cárceles no son, *a nivel de* seguridad, ningún buen lugar. Me sigue, ¿verdad? Su presencia, ¡quién sabe!, podría soliviantar al personal, alterarlo. Hay presas peligrosas, ya lo creo, entre las *xarnegas* sobre todo. Y podría usted sufrir cualquier agresión a *nivel* sexual incluso. Sí, sí, mire, hasta a *nivel* sexual...

—Correré el riesgo.

—No, no, usted qué va a correr, mujer. La responsabilidad sería suya claro, pero quienes pagaríamos las consecuencias seríamos nosotros. Imagine usted que se enterara la prensa. Nos pedirían responsabilidades por haberla dejado entrar... Y Dios sabe si no exigirían dimisiones...

—Pero es que...

—No, no es que, es que si la oposición se enterara, buenos son. Y un asunto trae el otro, quiero decir que a un *tema* sigue otro y, mire, por un *tema* tan insignificante se podría armar un buen cacao. Y todo, ¿por qué? Por no haber tenido una *filosofía estricta*, un *posicionamiento* riguroso.

—Hombre, no creo que...

—No... Y no crea que no me hago cargo, que soy insensible a su *problemática*. Al contrario, sé muy bien que los escritores de *vez* en cuando necesitan bajar a los infiernos para nutrir su inspiración. Cierto, cierto. Pero, créame, a *nivel de* la responsabilidad que su *problemática* implica, ya le he dicho y le repito que no nos es posible... Es un *tema* demasiado peligroso...

—Es mi última posibilidad, señor.

—La secretaria le dará toda la información que necesite. Lo sabemos todo sobre Wad Ras en este momento, todo. La oposición que diga lo que quiera, pero nuestra gestión ha sido modélica, créame, modélica. Y, entre nosotros, le recuerdo que hay novelas excelentes, excelentes, sobre estos temas así, como el suyo, algo escabrosos, de autores que nunca pisaron la cárcel. En fin, ha sido un placer conocerla. Si no puedo serle útil en algo más... ¿Tiene usted alguna pregunta, alguna información que yo pueda ofrecerle...? —añadió, mientras se levantaba.

—Sí —dijo ella sin moverse de la silla—. Quisiera saber qué tipo de delitos puede llevar a una mujer a la cárcel durante un máximo de tres meses.

—Antes, señora, le hubiera sido más fácil. Bastaba gritar «*Visca Catalunya lliure!*», o hablar mal de Franco. Por suerte, ahora, con la democracia las cosas han cambiado y aún deberán cambiar más...

—Pero habrá ciertos delitos no demasiado graves...

El Jefe de Servicios apoyó sus manitas gordezuelas en la mesa antes de unirlas en un gesto que recordaba su antigua misión pastoral. Luego carraspeó ligeramente mientras el ritmo frenético de sus tics le hacía contraer el rictus en casi enloquecidos visajes. Era evidente que no tenía la respuesta adecuada a la intención impertinente de la pregunta.

—Bueno, *pienso de que*..., claro, eso depende

del tribunal, del juez... Según el juez, la sentencia, ¿verdad? De tal palo tal astilla, como se dice. Pero ninguno de los temas que yo le enumere le servirán: proxenetismo, perversión de menores, tenencia ilícita de armas, colaboración con bandas armadas... En fin, dejémonos de *catastrofismos* —pareció retomar las riendas de su verborrea—. Creo que la información que le estoy dando es de poca utilidad. Usted es toda una señora y estos *temas*... En fin —carraspeó de nuevo—, que no le van...

De pronto tuvo la impresión de que al Jefe de Servicios se le había acabado la cuerda y pensó que esta pausa le era propicia.

—Me da mucha vergüenza confesarlo, pero a veces no puedo resistir la tentación de llevarme objetos, en las tiendas sobre todo.

—Me temo, señora, que esto no son delitos computables... Además, no basta que usted lo diga. Se necesitan pruebas, testigos. En fin, ha sido un placer —añadió, ya de pie, y pulsó la tecla de un interfono—. Rosa, venga por favor.

—Por favor, ¿me da fuego? —dijo ella mientras sacaba un cigarrillo del bolso—. Usted seguro que no fuma, claro...

—No sé si... Vamos a ver, como yo no fumo. Ah sí, por aquí había un mechero...

No esperó que Pere Martorell se le acercara. Fue ella la que pasó al otro lado de la mesa para encender el cigarrillo. Luego le dedicó la primera bocanada de humo mientras cogía el abrecartas con el que Martorell había estado jugando al principio de la entrevista.

127

—Es bonito.

Y mientras lo decía intentaba clavar su punta en la pechera del funcionario, que gritaba asustado incapaz de defenderse. La secretaria entró en el despacho justo en el momento en que ella mordía con pasión de neófita el lóbulo izquierdo del Jefe de Servicios.

—Rosa, llame a los *moços d'esquadra*. ¡Que me saquen a esta loca de encima, por favor!

—Eso de ninguna manera, de loca nada —se impuso ella, amenazando también a la secretaria—. Lo he hecho con premeditación y alevosía. Llame usted a la policía, y que me detengan. Estoy en pleno uso de mis facultades mentales... Yo me voy a Wad Ras, que quede claro.

Sitges-Barcelona,
septiembre de 1986, noviembre de 1989

128

Informe

Delmira Alonso Samblancet (Mérida, Bada-
joz, 1951-Madrid, 2010) inició su carrera literaria en 1972 con una novela breve *Algunas tardes
viene a verme*, que la catapultó rápidamente al
éxito. A esta obra siguieron *Vino a verme el lu-
nes* (1973), que confirmó su capacidad narrati-
va *(sic)* al decir de los expertos, *¿Por qué ya no
vienes a verme?* (1975), *Avísame si no puedes venir* (1979) y *Ya no quiero que vengas* (1983), título con el que cierra su pentalogía centrada en
las extrañas relaciones de un hombre de negocios y su vieja y experta niñera durante la lla-
mada época de la transición.

Aparte de estas novelas, publicó un libro de
poemas, *Ventolera* (1987) y en su madurez escribió lo que se consideraría su obra maestra *No te
tardes que me muero* (1995) que, en mi opinión,
no es otra cosa que un *pastiche* de sus anteriores textos, plagado de guiños y de homenajes a

129

otros autores, lo que los críticos finiseculares solían denominar intertextualidad y que ahora denominamos plagio.

De mi exhaustiva investigación sobre su vida he podido obtener numerosos datos (*vid.* apéndice de microfichas 1 y 2), así como material gráfico. Durante los casi treinta años que duró su carrera literaria fue fotografiada unas 525 veces en congresos, fiestas literarias, reuniones de jurados, premios literarios y presentaciones de libros, de manera que contamos con una estupenda y detallada muestra de su forma de envejecer. Asimismo consta que fue entrevistada al menos 45 veces por los programas de la TV estatal (15 en sesiones dedicadas a cultura y el resto en programas de ocio, variedades, cocina y concursos de entretenimiento) y 20 en los otros canales independientes, en los que no debía contar con tan buenos amigos. Intervino en 221 mesas redondas, asistió a 105 reencuentros de escritores, dio 15 conferencias distintas y repitió 105 veces con pequeñas variantes la misma conferencia sobre su obra, su circunstancia y aledaños. Junto a otros colegas firmó 23 panfletos (15 aparecieron en los medios de comunicación). A partir del advenimiento de la democracia, apoyó siempre al partido en el poder y se abstuvo de militancia. En sus inicios fue feminista.

Viajó por Europa y América al menos en 20 ocasiones y obtuvo tres premios literarios, el Sésamo por *Algunas tardes viene a verme* (1971), el Planeta por *Avísame si no puedes vernir*

(1979) y el Nacional de Literatura por *Ya no quiero que vengas* (1983).

En cuanto a su vida privada he podido documentar que se casó dos veces (1971 y 1987). Tuvo tres amantes (1972-1975), 1989-2000 y (2000-2010 ?) y 76 ligues que era como se denominaba entonces a las cópulas eventuales. (*Vid.* apéndice 3, microfichas 3.1, 3.2 y 3.3.) De su matrimonio nacieron dos hijos, Delmiro (1972-2030) y Agustina (1973-2040) que jamás mostraron veleidades literarias.

Su primer marido se llamaba Carlos Borromeo Pascual (Madrid, 1947-Sanlúcar de Barrameda, 2020). Era empleado de una sucursal bancaria y compartió con el primer amante de su mujer, Antonio Arévalo Martínez (Madrid, 1951-Valladolid, 2000) las dedicatorias de sus tres primeros libros. Tras su divorcio de Borromeo (1976), se casó por lo civil con Pedro Poz Passareu (Villaviciosa, Asturias, 1942-Valladolid, 2000), entomólogo y conocido político socialista que había mantenido una relación borrascosa con la mujer del presidente del gobierno (ap. 4, microfilmes 5-7).

Como un bien ganancial de su segundo matrimonio puede considerarse Ángel León Pérez (Salamanca, 1945-Valladolid, 2000), ya que, al parecer, no sólo fue amante de la escritora sino también de su marido, cuyas veleidades homosexuales eran del todo conocidas. El síndrome de inmunodeficiencia adquirida —el equivalente a la tisis en el período romántico— acabó con las vidas de Poz y León con una diferen-

131

cia de tres horas. Para Delmira fue un golpe durísimo. Tres años después inició una nueva convivencia con Antón Camón Béjar (Murcia, 1952-Madrid, 2030), que le sobrevivió diez años y tuvo a su cargo ordenar la correspondencia y los archivos después de la muerte de Delmira. Su labor me ha facilitado mucho las cosas.

Aunque, tras estos diez meses de investigación, Delmira Alonso Semblancat ha llegado hasta hacérseme simpática, creo que su vida es de una aplastante vulgaridad y no tiene nada de excepcional. Al contrario, parece cortada con el mismo patrón que la de sus otros colegas de alguna fama, al finalizar la segunda mitad del siglo XX. Pienso, por tanto, que debido a su escasa relevancia no merece la pena que la empresa se embarque en el costoso esfuerzo de divulgar su biografía a través de los dibujos animados ni en el de adaptarla en forma de *comic*.

A partir de ahora pido permiso para volver a mis investigaciones sobre María Durán Giménez (Barcelona, 1954-Barcelona, 2010), cuya vida, por lo que sospecho, puede encerrar alguna sorpresa importante, quizás un morboso misterio, ya que apenas aparece en actos públicos. Las fotografías que he podido encontrar son contadísimas y, que yo sepa, convivió siempre con el mismo hombre, lo que convierte su comportamiento en verdaderamente raro. ¿Quizá pudo tener algún defecto físico? Además, al parecer, tampoco llevó vida de escritora, se limitó a escribir.

Barcelona, 6, 7 de septiembre de 1990

De Eva a María: relatos de mujer

La portada era espantosa. ¿A qué venía ese *collage* con sus fotos? Y, por si esto no bastara, el título acababa de arreglarlo. ¡Intolerable! ¡Habráse visto! Aprovechar su nombre y el de esa pipiola juntos como gancho... *De Eva a María*. Por muy ambiguo que resultara, no lo podía permitir. Y encima haberle venido con cuentos con lo del puesto de honor. «Las demás, teloneras, María. Tu nombre irá el último aposta.» Y ella, estúpida, sin pensar que se trataba de un montaje perfecto. *Cuentos sobre la culpa*. La culpa y la redención... Eso era. Y vaya gol: De *Eva a María. Siete relatos de mujer*. ¡Ah no! ¡De ninguna manera! Los voy a denunciar. Para más *inri* la ligaban desde la portada con esta veinteañera que podría ser su hija, y que todavía era mucho más insolente que Amalia.

—¿Influencias? —le preguntó el entrevistador

—Ninguna —contestó ella con arrogancia.

—¿Ni de María Jaquetti con quien la comparan?

—¡Por Dios! ¡Qué cosas dices! —cortó rotunda—. Para nada. Yo quiero escribir de otro modo.

—¿Ah sí? ¿De qué modo?

Ahora tenía la oportunidad de comprobar si lo que había declarado en la radio con tanta prepotencia era verdad: ¿cómo escribiría Eva Guarini para sentirse tan segura? Apenas página y media... Sintética sí parece... Pero no leyó su relato. Hojeó el libro de nuevo. El papel no está mal. Una edición de lujo. Comenzó por el de Laura Marconi: «Alba aparcó el coche en un parking lleno de coches...» «¡Dios mío —se dijo satisfecha—, vaya comienzo! Nunca me decepciona. Es una maravilla. Escribe como si rebuznara, con toda naturalidad...» Pasó unas cuantas páginas. Francesca Rimini, su paisana: «Las islas avizoradas en el horizonte refulgían como torsos marmóreos llenos de sol...». «¡Soberbio! —musitó—. Está más pasada que el miriñaque. Se la comerán las polillas cualquier día». Y soltó una carcajada. En el fondo era mucho más viperina e iconoclasta que Eva Guarini y, por supuesto, más cínica. Las colegas reunidas en la antología le parecían insignificantes, pero nunca lo aceptaría públicamente, al contrario. Hacía poco había confesado a los periodistas que el proyecto conjunto le atraía mucho, que estaba encantada de poder colaborar con las demás escritoras de Italia. Más aún, era un honor. Todas le parecían estupendas. Mentía descaradamente. Pero no iba a decir la verdad. Bastante le había costado su enfrentamiento con la Mariani en los inicios de su carrera. Durante casi diez años aquella bruja le impidió levantar cabeza. Jamás consiguió ningún premio en la que ella estuviera de jurado o tuviera influencias. «Le pasará lo mismo a Eva, si me cabreo. Ahora quien corta el bacalao soy yo.»

«*Nuestras primeras noches* —leyó. Un título banal—. Será malo, estoy segura», pero no pudo resistir la curiosidad y empezó:

«A menudo me acuerdo de nuestras primeras noches. Incluso los dedos melancólicos buscan los signos que me ayudaban a convocarte cuando tú te retrasabas y yo luchaba contra el miedo de que hubieras olvidado nuestra cita, contra el sueño incluso, mucho más puntual que tú. Pero tú más temprano que tarde acababas por comparecer. Incluso en algunas noches particularmente intensas te habías quedado hasta el alba. Mis promesas de amarte hasta la muerte, de ofrecer mi vida por ti si llegara el caso, te habían retenido a mi lado más de la cuenta. Y en alguna ocasión también me habías visitado de día. Sin que nadie te viera, habías entrado en clase y te habías acercado silenciosamente a mi pupitre. Otras veces te habías cruzado conmigo por el pasillo y eso me había dado fuerzas para soportar las regañinas de mi padre que, ya sabes, no creía para nada en ti. La vida desde que tú te habías fijado en mí tenía otro sentido y el pacto que habíamos sellado con nuestra unión me hacía tuya para siempre, como tú eras mío. Nunca podríamos negarnos nada. Y cada vez que tú me poseías, cada vez que tú entrabas en mi cuerpo el pacto se renovaba.

»Después de la muerte de mi hermana las cosas cambiaron. Te había pedido con todas mis fuerzas que la evitaras, tú que lo podías todo y no entendía por qué no quisiste escucharme. Lloré durante dos semanas. A la pena de su muerte tuve que añadir la decepción que tú me produjiste. Tus argumentos eran del todo inconscientes. ¿Qué necesidad tenías tú de una niña de seis años? ¿Para qué la querías? ¿Por qué lo consentiste si lo podías todo?

»Seguí esperándote, es cierto, pero con menor interés. A veces me dormía antes de que tú llegaras. Poco a poco espaciaste tus visitas. Un buen día decidí que no volvería a hacerte sitio entre las sábanas, que dejaría de convocarte con las manos juntas y los brazos en cruz. Y empecé a olvidarte. La ternura que sentía por ti, el deseo que tú me provocabas se diluyó como azucarillo. Una noche volviste para buscar mi arrepentimiento y una posterior reconciliación. Me negué y te fuiste para siempe.

»Ahora y desde hace unos meses, a menudo, sin saber por qué mis dedos trazan los signos con que antes te convocaba. Sé que lo que pretendo no será fácil, después de tantos y tantos años de olvido. Pero si vuelves no te pediré nada. No te haré ningún reproche. Seré dócil a tus exigencias, sumisa a tus deseos, obediente a

136

tus órdenes. Mi cuerpo volverá a ser tu templo y te recibiré como a mi único Señor. Seré para ti la más fiel y devota de las amantes.»

Sonrió. No era gran cosa. Se veía venir. Y eso de jugar con la ambigüedad era su fuerte. ¡Claro que la imitaba! Sólo que lo hacía peor, mucho peor. Además también ella de jovencita había tocado el mismo tema en un cuento que por considerar mediocre su obra completa no recogía. ¿Dónde lo había publicado? En el primer libro quizá o quizá en una revista. Se levantó para buscarlo. Su manía era el orden, de modo que tenía todos los papeles perfectamente archivados. Consultó el índice y tardó sólo dos minutos en localizarlo. En efecto, era de 1950 y estaba en la caja n.º 4. Sin embargo, únicamente encontró el original y no la indicación del libro o la revista en la que había aparecido. Era un poco más largo que el de Eva y hacía referencia a una amiga que se burla inmisericorde de otra, dejándola en la estacada más dura como si realmente no fuera María. Al margen, con letras rojas, pudo leer una nota: rechazado por la censura. Se indignó con ella misma. La memoria le fallaba y se negaba a reconocerlo. Así, nunca podría demostrar que la Guarini la hubiera plagiado. Su cuento permanecía inédito. Nadie tenía acceso a sus papeles, ni siquiera Amalia, su propia hija. Claro que a su hija le importaba muy poco su obra. Nunca demostró el menor interés por sus escritos. No se le parecía en nada. Es más, odiaba la literatura.

«Debo pensar una estrategia —decidió, y volvió a coger el libro—. Comenzaré por investigar sobre ella. ¿Dónde pudo encontrar una copia de mi texto? ¿Quién se lo dio?» Abrió las páginas finales. Allí estaban los retratos de las autoras. Cada una ofrecía rostros diversos desde el nacimiento hasta la actualidad. De pronto comenzaron a temblarle las piernas porque la primera fotografía de Eva Guarini recién nacida era exactamente igual a la de Amalia que aún conservaba sobre la mesa de trabajo. Comprobó que casualmente habían nacido el mismo día. De un golpe creyó comprender la razón por la que Amalia siempre le había parecido una extraña...

Barcelona, 24, 25 de enero de 1990

La seducción del genio

São Paulo, 1.º de septiembre de 1990

Señora Doña Carmen Balcells
Diagonal, 580
Barcelona

Mi querida y admirada amiga: Me llamaban Juan Chamorro, pero esto quizá le diga poco. Tendré que pedirle, pues, que haga un esfuerzo de memoria ya que, si me atrevo a escribirle, es porque tuve el inmenso placer de conocerla hace unos años, en una recepción en São Paulo, en casa de la mamá de Nélida Piñón, mi admiradísima escritora.

Por aquella época (mayo de 1987) yo ya había terminado dos novelas que Nélida tuvo la amabilidad de leer y que, con su buen criterio e inteligencia, desaprobó por completo. Sé que estaba en lo cierto porque otras personas consultadas pensaron lo mismo y me convencieron para que dejara de escribir. Seguí su consejo con el convencimiento de que tenían razón pero con una pena infinita puesto que si una cosa he deseado en este mundo ha sido, precisamente, pasar a la historia de la literatura. Sé que el ala del genio no ha llegado siquiera a rozar mi frente y, sin embargo, no carezco de imaginación ni de sensibilidad para juzgar qué valores son los auténticos para que una obra de arte se convierta en imperecedera.

Usted pensará, señora Balcells (supongo que no le importará que la tutee, durante aquella inolvidable reunión me apeaste el tratamiento), tú pensarás, querida Carmen, que decidí, tras esas conclusiones, dedicarme a la crítica literaria. Te diré que no. La crítica me parece un ejercicio vacío y no me interesa en absoluto. Aspiro a otra cosa. Digamos que ambiciono mucho más. Ya que no puedo crear quisiera, al menos, seguir de cerca los mecanismos de la creación, estar presente en el proceso, desde el inicio hasta el fin, compartiendo minuto a minuto la vida de alguien a quien los dioses le otorgaron lo que yo no merecí, eso es, el más excelso de los dones: la posibilidad de formar un mundo de la nada, poblarlo de seres que habrán de sobrevivirle y, gracias a ellos, alcanzar la inmortalidad. A cambio de asistir al espectáculo ofrecí mi colaboración como secretario, corrector, amanuense, mecanógrafo y hasta negro —para las páginas de relleno, claro—, además, naturalmente, de marido. De esta manera aseguraba mi escasa parcela de futura supervivencia como compañero de la escritora, quizá en forma de brevísima mención en los artículos de las enciclopedias pero, por supuesto, con los honores de bastantes páginas en las biografías bien documentadas, además de sentirme modesto partícipe de una labor fundamental.

Como mi madre era gallega y nací en Brasil domino, además del castellano, el brasileiro y conozco bien su literatura, de manera que probé fortuna, en primer lugar, con mi admirada y querida Nélida Piñón. Me rechazó de plano. Si nunca se le había pasado por la cabeza la idea del matrimonio no iba a transigir conmigo, que no le gustaba en absoluto. La negativa de Nélida me desanimó pero no por esto abandoné mi proyecto.

Aproveché un viaje a España que debían hacer mis padres y les acompañé. En Madrid me entrevisté, en primer lugar, con Rosa Chacel. En mi adolescencia comencé a leer sus libros y la veneraba. Todo fue muy bien hasta que le expliqué mi propósito. Por poco se muere atragantada de risa. Un jueves me acerqué al edificio de la Real Academia con la intención de conocer a Carmen Conde, pero estaba enferma de gripe y a su edad se temía que la convalecencia pudiera ser algo larga. Con Carmen Martín Gaite tuve, al principio, mucha más suerte ya que por carta pareció que hasta me daba esperanzas pero luego dejó de contestarme y no acudió a la cita del Gijón donde habíamos quedado.

De Madrid me marché a Barcelona para ver si las cosas me iban mejor. Presentí que allí

141

todo se arreglaría, no en vano Cervantes habla de su hospitalidad. Doy fe que sus habitantes la conservan. Esther Tusquets estuvo encantadora. Jugué con ella al póker durante varias semanas antes de declararme. Mi intuición me decía que debía andarme con pies de plomo. No me equivocaba. En cuanto le conté mis intenciones me despachó sin miramientos, después de haberme sacado los cuartos. Ana María Matute, a quien me presentó Ana María Moix —que es un encanto y lo sería más si no tuviera pareja estable—, me invitó a tomar el té y como quien no quiere la cosa abominó de los jovenzuelos y dejó muy claro que sólo le interesaban los hombres maduros. Me contaron maravillas de Montserrat Roig, pero el hecho de que no escribiera en castellano abolía mis posibilidades. En fin, que quizá con más miramientos, las escritoras catalanas me hundieron igualmente en la miseria. Todas y cada una cercenaron sin piedad mis mejores ilusiones. No sabes, querida, cuánto envidié en aquellos momentos la suerte de Carmen Llera, Marina Castaño, Asunción Mateo y, ni te cuento, de María Kodama... Borges será siempre para mí el más grande.

Una tarde, casi a punto de regresar al Brasil, paseando por el barcelonés Moll de la Fusta con la dulce Ana María Moix y a propósito precisamente de María Kodama, una especie de fetiche para mí, de pronto me percaté de que sólo me quedaba una alternativa factible si de verdad quería que mi deseo se cumpliera por encima de cualquier otra cosa... Se lo confesé a mi amiga y nos abrazamos llorando en pleno paseo.

La operación, querida Carmen, ha sido un éxito. Estoy absolutamente feliz. Me siento verdaderamente otra. Capaz de ejercitar todas las artimañas de los encantos femeninos sin tener que avergonzarme. Por ello estoy segura de poder conseguir por fin mi propósito. ¡Qué maravilla poder ser coqueta, dulce y mimosa! Quizá sin saberlo siempre deseé ser mujer. Los doctores que me han atendido son un amor y dicen que en poco más de una semana podré abandonar la clínica y que los resultados de la intervención han sido espectacularmente positivos. No sólo me han convertido en una mujer por dentro y por fuera sino que además mi grado de feminidad se acelera por minutos. Lo noto. De mujer a mujer te confieso, querida, que antes de operarme la idea de tener que llevar suspensorios pectorales me horrorizaba y ahora el sujetador me parece un detalle de lo más *sexy*. En el espejo no resulto mal y creo que maquillada estoy a la altura de mis admiradas esposas de mis más admirados genios.

En fin, querida Carmen, Ana María me aseguró que no te molestarías si te escribía y que mejor si hablaba contigo antes de tomar ninguna determinación, porque sin duda tú puedes darme muchos y buenos consejos. Obedezco mujeramente feliz. ¿Has visto qué capacidad de adaptación?

El día 25, si Dios quiere, y va todo bien, como espero, saldré hacia Barcelona. En venganza no me despediré de Nélida para que no pueda ver lo guapa que me han dejado. Espero que puedas concederme una cita en cuanto llegue. Te adelanto ya una lista de preferencias: José Luis Sampedro, Juan García Hortelano, Juan Marsé, Juan Benet... Quizá Manolo Vázquez y Eduardo Mendoza sean aún demasiado jóvenes. Descarto a Gabriel García Márquez por Mercedes —la conozco y me sacaría los ojos—, a Sábato por él —no podría contemplar mis encantos— y ¡hélas! a Mario Vargas Llosa.

Con el convencimiento de que me echarás una mano, recibe un fraternal abrazo y todo mi cariño.

JUANITA CHAMORRO

Barcelona, septiembre de 1990

144

Esto no es un cuento

Para José María Merino

A finales de verano de 1987 coincidí en un encuentro de escritores con Andrea Hurtado que habría de morir poco después de manera trágica y en circunstancias no suficientemente aclaradas. Durante aquellos días de noviembre en Oviedo traté un poco más a la escritora menorquina, a quien casualmente había conocido en otra reunión de intelectuales celebrada en Valencia el año anterior. Las páginas que siguen a continuación fueron leídas por Andrea Hurtado en su última intervención pública. Tal vez presintiendo su final me las regaló, pidiéndome que, si lo creía conveniente, me ocupara de su publicación. Cumplo gustosa el encargo, como homenaje póstumo. Descanse en paz.

Me temo que no me queda otro remedio, de entrada, que comenzar por pedir disculpas al Director de estos encuentros porque mi intervención no va a ceñirse en absoluto a la propuesta de su convocatoria. Lo que voy a leer no es un cuento, ni tiene nada que ver con la ficción, aunque a ratos pueda parecerlo. Quienes nos dedicamos a la literatura sabemos de coro que la realidad no se anda con chiquitas y puede vencer por K.O. a la imaginación más frenética, lo que, en ocasiones, no deja de ser una tragedia. Insisto, por tanto: lo que voy a leer no es un cuento, sino una denuncia. La denuncia de una situación que afecta ya a algunos de los escritores aquí presentes, pero que muy pronto repercutirá en la mayoría de cuentistas de este país, incluso en los que estamos ya transferidos a las Comunidades Autónomas y escribimos en las tres lenguas minoritarias del Estado.

El hecho me parece tan grave que prefiero consumir mi turno informándoos de cuanto sé que en endosaros el cuento que tenía previsto, aunque tal vez ésta sea una de las últimas oportunidades que me quedan para difundir un relato auténtico, es decir, totalmente mío. Lo que a continuación voy a poner en vuestro conocimiento tiene que ver precisamente con el reciente auge alcanzado por el género, como ya se ha comentado aquí. No cabe duda de que éste ha sido el verano de los cuentos. Todos los periódicos sin excepción, muchas revistas hasta hojas parroquiales, boletines corporativos e incluso panfletos ciclostilados los han incluido entre sus páginas. «Resucita el cuento», «Con el cuento que vuelve», «Para la piscina un cuento», «En el mar, un cuento», «El jueves, cuento»,

«El mismo cuento de siempre», «Viva el cuento», «El cuento de nunca acabar», etc., son algunos de los títulos con que diversas publicaciones han encabezado sus secciones literarias.

Como a mí también algunos periódicos me habían encargado relatos, a mitad de junio me enfrasqué en el ordenador para tratar de terminar dos viejas historias pendientes. Comencé por la que más me interesaba, una narración sobre el tema del doble, un tópico tan viejo como manido que yo pretendía variar un punto ya que mi relato no se centraba en un desdoblamiento, sino en un *destriplamiento:* una mujer se triplicaba a lo largo, a lo ancho y a lo alto en tres seres distintos que volvían, al fin, a reunirse, tras una trinidad de aventuras, en una diosa verdadera. Trabajé en él casi dos semanas y cuando ya me sentí incapaz de mejorarlo más, pulí el estilo, contabilicé el número de repeticiones de la palabra *incluso*, palpé el comando de sustitución (aparecieron las consabidas *además* y *también*), vi con sumo agrado cómo las letras se arracimaban cual beatas en las misas de antes para dejar sitio a las recién llegadas, y di por concluido el relato. Pero no lo envié. Preferí que reposara unos días antes de publicarlo mientras me dedicaba al segundo, una fábula sobre la creación literaria y sus limitaciones materiales: bolígrafos que se secan, plumas que emborronan, máquinas de escribir que se insubordinan, ordenadores que se declaran en huelga y no porque el asunto fuera conmigo sino al contrario.

A mí a estas bajuras de la edad, ya no sé si por suerte o por desgracia, me ocurre absolutamente al revés. Está claro que nací con una gran disposición afectiva hacia todo tipo de máquinas, y con ciertos poderes de seducción, ya que no sobre los hombres, sobre los aparatos. Tal vez por esto sólo a alguien como yo le estaba dado —o guardado— percatarse de lo que en seguida explicaré, puesto que en mi larga vida de solitaria ama de casa no he tenido que requerir jamás los servicios de mantenimiento de ninguna fábrica de electrodomésticos, aparatos de alta fidelidad o semejantes pues yo misma, a veces hasta con la simple persuasión de unas palabras de aliento a una labor tan abnegada como meritoria, he paliado el cansancio o la desgana de lavaplatos, planchas y neveras, mitigado los dolores o achaques de televisores, tocadiscos o lavadoras con el lenitivo de una caricia oportuna. Bien es verdad que en otras ocasiones he utilizado una terapia más contundente en la que han entrado incluso herramientas y piezas de recambio, pero tanto en un caso como otro mis habilidades han quedado siempre de manifiesto y mis vecinas, amigas y hasta alguna colega como Neus Aguado han podido beneficiarse de ese don.

Ni que decir tiene que manejar el ordenador —y eso que me compré el modelo más sofisticado de IBM— fue para mí un juego de niños. Prácticamente desde el día en que lo instalé, va para cinco años, nuestras relaciones han sido de una convivencia tan intensa, de un trato tan fraternal que pronto me resultó penoso abandonarlo, aunque fuera por dos o tres días. Si abundo en este punto es para que quede bien claro que, pese a mi aspecto desgarbado y a mis gestos patosos, no soy ninguna manazas, y si en cuanto a dedos estoy en la avanzadilla de la civilización técnica, en cuanto a la adquisición de conocimientos sobre microelectrónica mi cabeza no va a la zaga a mis extremidades superiores. Esto explica que mi ordenador esté conectado a perpetuidad con la central de informática de IBM, para la que precisamente trabajo, y que esa conexión me pusiera en el camino del descubrimiento.

Todo empezó una tarde de finales de junio, hace poco más de dos meses, cuando decidí abandonar para mejor ocasión mi segundo relato, cansada de no encontrar el tono apetecido, y retomé de nuevo el primero con la intención de echarle el último vistazo. Pulsé el comando correspondiente, dispuesta a comenzar a leer: «El motivo por el cual la condesa Serpieri escogió el hotel de Lluc Alcari era el mismo por el que solían rehusarlo casi todos los posibles clientes, la falta de aire acondicionado». Pero lo que vi en pantalla no fue sólo este comienzo, algo chirriante —olvidaba aclarar que yo misma había realizado la traducción al castellano— sino que también, contrapunteando el texto, insertándose entre líneas, aparecían, una serie de referencias en clave que tras múltiples esfuerzos logré descifrar y que remitían a obras de José María Merino, Torrente Ballester, Borges, Pere Calders, entre otros. Pero aún había más. Tras toda esa serie de ingerencias aparecía un texto nuevo, una suma de textos diversos, un texto realmente magnífico pero que en absoluto podía reconocer como mío.

Supongo que a estas alturas podéis imaginaros con qué grado de estupefacción inicié las pesquisas oportunas en el río revuelto de mi ordenador que, sin duda, había sido interferido desde las oficinas centrales de IBM sin que yo lo supiera. Fue entonces cuando, gracias a mis habilidades técnicas, pude descubrir que mi relato había servido de conejo de Indias para los experimentos de un grupo de críticos y profesores además de un gran cuentista que prefiero no nombrar, para diseñar un aparato contador, una gran máquina cuentera, programada con todos los cuentos posibles, procedentes de los autores y los países más diversos. Bastará que quien la posea le dé pie para que ella organice un cuento nuevo y distinto, un cuento original a base del sabio manejo de la intertextualidad y del intratexto, el mejor cuento posible entre los cuentos ya contados o por contar.

Imagino que compartís, queridos colegas, mi preocupación. Si el invento prospera, no sólo pronto arruinará nuestras carreras de cuentistas, sino que además nos llevará a tener que admitir que jamás seremos dignos de competir con la gran máquina contadora y que, por mucho esfuerzo y dedicación que pongamos en contar cuentos, ella nos vencerá siempre. Nuestras aportaciones, por geniales que puedan ser, servirán sólo de ingrediente del pastel, de pieza del *puzzle* contador, porque todo relato es, sin duda, mejorable y todo ha sido escrito ya muchas veces por muchos autores, en otras lenguas.

Por eso, por todo eso me pregunto si debemos sacrificar nuestros intereses individuales ante la máquina y pasar por el tubo escribiendo únicamente para ver qué minúscula aportación ofrecemos de provecho, cuántas líneas se nos admiten, qué personajes o situaciones se nos aceptan, o si, por el contrario, tenemos que reaccionar del modo más duro e intransigente oponiéndonos a que la gran contadora prospere.

Creo que la cuestión es suficientemente grave y requiere una reflexión profunda. Si os parece, podemos tratar de ella en el debate. Por mi parte lo tengo claro: ¡A las barricadas! ¡Muera la máquina contadora!

Sitges, septiembre de 1987

Sorpresa en Sri Lanka

Por su cumpleaños, el 27 de agosto, se regaló un viaje a Sri Lanka. Se lo merecía. Había trabajado muy duro todo el año: tres libros de reportajes, casi un centenar de artículos y aún le faltaba terminar dos guiones, de los trece de que constaba la serie televisiva, que le habían encargado. Además tenía el presentimiento de que el viaje no sólo la descansaría sino que, como le anunciaba el horóscopo, le iba a deparar una agradable sorpresa que ella intuía más seria y perdurable que un vulgar acoplamiento de cuarto de hotel con un turista de serie.

La época dorada de su ardiente segunda soltería, recién recuperada tras su divorcio, había quedado atrás. Apenas si recordaba los rostros ni los nombres de quienes fueron sus eventuales compañeros en el frenesí de sus noches de muchacha liberada, que velara sus primeras armas en una playa de Formentera, disfrazada de *hyppie*, en dulce aprendizaje colegiado, pero sentía a menudo una aguda nostalgia de caricias jóvenes sobre su piel, que el tiempo había tratado con escasa consideración.

Últimamente se pasaba muchas horas rememorando la época en que dijo basta a aquella enloquecida furia amatoria y decidió que no podía aguantar el gasto en *whisky* para el «déjame subir a tomar la última copa» ya que, a menudo, su apartamento parecía el camarote de los hermanos Marx del que también era asidua la guardia urbana. Melancólica, ojeaba con demasiada frecuencia los recortes de periódicos en los que aparecían entrevistas y reportajes sobre su persona. Casi todos pertenecían a la época en que publicó su documentado ensayo histórico sobre la ropa interior masculina, *Apolo en paños menores,* que durante doce meses consecutivos alcanzó el primer puesto en las listas de venta de libros.

Ser la experta oficial en un tema de tanta enjundia y de tanta trascendencia socioeconómica la convirtió en un personaje imprescindible de las manifestaciones culturales del país. Se vio obligada a dirigir seminarios en los cursos internacionales de varias universidades de verano y a alternar con ciertos círculos de la *intelitgenzia* sudorosa, *jet-set* y demás «gente guapa». Durante cuatro temporadas consecutivas actuó como jurado del concurso «Mister tanga» y «Mister Costa del Sol» y estuvo presente en cuanta juerga, sarao y movida se organizara.

154

Incluso diseñó, con mucho éxito, un modelo *unisex* de ropa interior, bautizado con el nombre de *braguilip*, que una importante firma del sector textil se encargó de comercializar. De manera que en los inicios de la transición, llegó a la cumbre de su buena fortuna y se la disputaron como reportera todas las revistas femeninas con excepción de *Paloma* (cuya directora, con muy buen criterio, consideró que sus colaboraciones no estarían en la línea confesional de su publicación, aunque a decir verdad se pirraba por un reportaje sobre los supuestos calzoncillos del Santo Padre). También dos semanarios de información política le ofrecieron incluirla en plantilla, pero la consagración definitiva le vendría después, cuando firmó en exclusiva con el *Gran Diario* para dirigir el suplemento dominical de chorradas, cotilleos y variedades diversas.

Pero de todo aquello hacía más de quince años. A estas alturas, aunque seguía con mucho trabajo, su cotización había bajado bastante. Ganaba dinero de sobra pero se había visto obligada a aceptar demasiados encargos. Antes con uno solo podía vivir hasta con lujo y con la estimulante sensación de que tenía poder.

También a estas alturas el tránsito entre sus sábanas había mermado considerablemente, pero eso la incomodaba menos. Al fin y al cabo siempre había tenido a gala que la elección la hacía ella y los escribidores, plumíferos y famosos de medio pelo con quien solía acostarse estaban cortados con el mismo patrón, y cono-

155

cía demasiado bien las aburridas reglas del juego.

A menudo tenía que rechazar los ataques de arrepentimiento por haber sido una *women's lib* de las que ya no quedaban y en su fuero interno, anclado a pesar suyo en una moral pequeño burguesa que nunca había podido acallar del todo, se decía que quizá lo que había sido no era exactamente una *women's lib* sino una *demi-mondaine* gratuita. De ambas cosas, en sus peores momentos, hubiera renegado con gusto a cambio de una pareja estable, hasta de un matrimonio por amor. Una corazonada le dijo que todavía era posible. Bastaba poner todo el interés, todos los medios a su alcance. Además, el horóscopo también parecía afianzar esta intuición.

Escogió un ajuar adecuado, compró un montón de cremas embellecedoras y subió al avión en espera de que el azar estuviese de su parte. Rápidamente comprobó que entre sus compañeros de viaje no había ningún candidato que cumpliera con los requisitos exigidos. Excepto un recién separado en busca de quinceañera exótica, todos los demás iban acompañados. «Mejor —pensó—, si se trata de romper con todo y volver a empezar, prefiero un nativo.»

Durante la primera semana no sucedió absolutamente nada de interés. El hotel era de un lujo soportable y pasó muchas horas tumbada cerca de la piscina, relajándose. Aún quedaba tiempo para que algo ocurriera, pero ya se había mentalizado de que posiblemente le estaba pidiendo demasiadas cosas a la vida y que más le valía enfrentarse de una vez por todas con los espejos y la soledad de su madurez, desterrando su oscura y proclive tendencia a los sueños secretos de hortera felicidad emparejada. Fue en la penúltima tarde en la misma *boutique* del hotel, mientras compraba regalos, cuando notó unos ojos fijos en su cogote. Al volverse le pareció que tenían el brillo de los tizones encendidos y le sonrió complacida. Luego cuando él se le plantó delante cerrándole el paso, supo que aquélla, y no otra, era la oportunidad que había estado esperando, pese a que él no debía tener más de veinte años y hubiera podido ser su hijo.

—Me gustaría invitarte a una copa —murmuró en un inglés bastante fluido—. Perdona que te aborde de este modo pero sé que pronto volverás a tu país y que no tendré la oportunidad de estar contigo, si yo mismo no tomo la iniciativa. Te he visto estos días a menudo porque soy guía y recojo turistas en el hotel. También sé que eres periodista...

—Encantada —dijo ella y realmente lo estaba ante una forma tan candorosamente caduca de ligar. «A lo mejor me pide dinero a cambio —pensó por un momento—. Es demasiado guapo.»

Pero nada de eso ocurrió. Al contrario, él no dejó que ella pagara ni una sola copa y la llevó a los mejores restaurantes de la ciudad, además de enseñarle los barrios lacrosos y la genuina forma de vida de sus habitantes. Fue mucho más que solícito. Derrochó gentileza y le

157

dijo que prefería las mujeres maduras a las jovencitas americanas que pretendían seducirle. Le gustaba, antes que nada, tratar con gente inteligente y ella, sin duda, lo era. Hacía de guía para ganarse un sobresueldo pero lo que de verdad le interesaba era llegar a ser periodista, como ella, y por esto, en invierno seguía cursos en la Universidad. También a él aquellas horas le sabían a poco, aseguraba. Y le juró seguir manteniendo en el futuro una relación duradera. «A ti te he escogido yo. Eres mi candidata», le dijo, haciéndose el duro, para inmediatamente besarla con una ternura que ella ni por lo más remoto recordaba. Aunque no por eso, dejó de replicar que, en su caso, era el azar quien le había conducido hasta él y le explicó que en el horóscopo estaba escrito su nombre. Él sonrió enigmático y brindó por su buena suerte.

En la última noche él ejercitó con maestría las habilidades del afilador y la poseyó hasta la extenuación con pericia desconocida. Ella le repitió, arrobada, el verso de Cernuda que más le gustaba y que nunca fue capaz de dirigir a nadie: «Libertad ya no quiero sino la libertad de estar preso en alguien», aunque en inglés sonaban mucho peor.

Al amanecer, apenas unas pocas horas antes de tomar el avión, él abandonó su cuarto no sin antes asegurarle que, en cuanto le fuera posible, volaría a su lado. Ella, incapaz de dormir, se puso a hacer el equipaje. Se sentía tan feliz, tan absolutamente bien dispuesta hacia la vida, que cuando acabó hasta se entretuvo en contestar la encuesta que la dirección del hotel pedía a los turistas que llenasen, para mejorar en lo posible la calidad del servicio. Otorgó la máxima puntuación a casi todas las propuestas y luego examinó un folleto adjunto, que sacó de un sobre que estaba dirigido a su nombre y en el que no había reparado hasta aquel momento. Allí se le indicaba que el azar la había hecho merecedora de figurar en un sorteo que el establecimiento hotelero de cinco estrellas realizaba entre sus distinguidos clientes. El premio consistía en un guía privado a la disposición de la señora durante dos días y dos noches para hacerle aún más agradable la estancia.

Barcelona, septiembre de 1990

Claudia en la jet

No sé exactamente cuándo conocí a Claudia pero cada vez que mi memoria me lleva a volver la cabeza en la clase de segundo de bachillerato del colegio donde nos educamos la veo allí, con el uniforme azul a tablas y el cuello blanco con entredós, inclinada sobre el pupitre. Debíamos tener doce años. Y si, como supongo, mis primeros recuerdos de Claudia son de entonces hace más de veinte años que la conozco.

Claudia tenía rasgos exóticos, un gran desparpajo y no era nada aplicada. ¿Para qué estudiar si total iba a casarse en cuanto saliera del colegio?, solía repetirnos. En casa nadie la reñía por acumular suspensos, al contrario, cobraba un plus mensual que aumentaba cuanto peores eran las notas, exceptuando las de urbanidad, comportamiento y modales. Los de Claudia ya por entonces eran exquisitos.

Su madre desde que nació la había programado para una buena boda. A los dieciséis años asistió de largo a la primera fiesta, a los dieciocho encontró novio, a los veinte se casó. Pero no lo hizo con el guapo, rico y aristocrático tipo al que aspiraba. Tuvo que conformarse con menos, un buen chico, empleado de banco que decía adorarla pero que nunca supo expresar su pasión en los términos apropiados, quizá porque no leía las novelas de amor donde se detallan todos esos pormenores que tanto gustaban a Claudia y más aún a su madre.

El novio tampoco pertenecía a ninguna distinguida familia local; los suyos no eran, como los padres de Claudia, gentes de toda la vida, tenían, eso sí, parientes entre la alta burguesía de la ciudad, hoteleros más que prósperos, que hicieron sus primeros agostos gracias al estraperlo y que figuraban con frecuencia en las crónicas de sociedad de los periódicos de la isla y hasta a veces en las páginas de Economía del *Gran Diario*, por el volumen de sus negocios. Además desde finales de los cincuenta, bastantes años antes que Claudia y Felipe se enamoraran, sus tíos segundos venidos a más habían emparentado con unos aristocráticos nuevos pobres, y ex latifundistas andaluces, al casar a su hijo mayor, Jaime, con la primogénita de los marqueses de las Almenas del Guadalquivir. Este parentesco era el único aspecto positivo que la madre de Claudia le encontraba al futuro yerno que le parecía un pelagatos sin ningún porvenir. «Procura ser cariñosa con Chitín —le decia a Claudia—, y ya verás cómo os invita a sus fiestas.» Pero Chitín, que era una estirada insoportable, se guardó mucho de tratar a Claudia cuya belleza exótica le parecía excesiva. Y cuando Claudia dio a luz a los siete meses de su boda, comentó, para que se lo transmitieran, que tener niños prematuros era de pésimo gusto, algo sólo disculpable en las muchachas de servicio. Luego Chitín y Jaime se fueron a vivir a Madrid de manera que Claudia dejó de sufrir por sus desaires y les perdió la pista. Sólo de tarde en tarde, en la peluquería, ojeando el ¡Hola! había visto sus nombres y hasta su foto entre los asistentes a tal o cual fiesta de postín. Mientras Claudia se había quedado embarazada dos veces más y sus partos, sin complicaciones, habían sido tan a término como el primero. Muy a menudo al mirar a su hijo mayor pensaba con pena en el desencadenante de su boda precipitada y rechazaba la imagen que todavía solía atormentar sus insomnios: el asiento trasero del seiscientos de Felipe, en una noche lluviosa junto a la tapia del cementerio. «Más me hubiera valido estudiar», añadía como pie a la foto retrospectiva, compadecida de sí misma.

Tras la muerte de Franco y con la llegada de la monarquía, los primos de Madrid como otros aristócratas de pata negra solían disputar a las folklóricas, locutoras y actrices las fotos de las páginas de las revistas del corazón, de modo que cuando Claudia llegaba a la peluquería encontraba noticias frescas de sus parientes. Una tarde cayó en la tentación de enseñárselos a su

163

peluquera que, naturalmente, se lo contó a las otras estilistas del salón y lo comentó con las clientas más asiduas.

Desde aquel día Claudia fue tratada con una consideración mayor y sobre todo interrogada sobre cualquier detalle de la vida de los marqueses que la semana pasada asistían a la boda del año en Sevilla y la anterior recibían nada menos que a Diana en su finca de Sotogrande. Claudia, con el desparpajo que no había perdido, contestaba con el mayor aplomo y añadía explicaciones no pedidas sobre el número de camarotes del *Victoria III*, amarrado en Punta Portals, claro, y la sobriedad marmórea de los baños de la casa de Pozuelo. Y hasta alguna vez se permitió, en voz más baja, alguna confidencia sobre la liposucción que a su prima la marquesa le habían practicado con todo éxito en una clínica de Miami.

Claudia tenía encandiladas con las historias de sus parientes, amén de a las peluqueras, estilistas, manicureras y aprendizas, a un montón de señoras que habían decidido acudir a la peluquería martes y sábados que eran los días que ella acostumbraba a ir. Por su parte Claudia, cada vez más animada por sus fabulaciones, alimentadas en las páginas de la prensa rosa que ahora devoraba, creía vivir, al menos cuatro horas a la semana, la vida que tiempo atrás pensó merecer. Porque desbordando imaginación por la punta de cada pelo, desde que sus primos los marqueses de las Almenas del Guadalquivir («¡qué título tan bonito!», decía la manicurera), tan vinculados a Mallorca, habían comprado una villa en la costa de Andratx, ella, la señora de Salom, de soltera Claudia Álvarez-Rivas y Font, coprotagonizaba multitud de actos sociales. Por ella supieron que Tita era el acabóse de sencilla, además de guapísima pese a no haberse querido hacer ningún *lifting*... que Isabel tenía más gracia que en los anuncios, «es mucho menos sosa y tiene un estilo bárbaro, os encantaría peinarla... lo del postizo es verdad, seguro, aunque de su propio pelo, si me lo dijo ella; este año no la veré, ¡una lástima!, no vienen. En cuanto a Carmen, con lo que ha sufrido, da gusto verla siempre tan animosa...»

Desde que Chitín y Jaime veraneaban en Andratx, Claudia deseaba por todos los medios entablar relaciones. Había olvidado por completo que Chitín era una estúpida que la había desairado. Al contrario. Le parecía el no va más de la simpatía, siempre sonriente y dicharachera junto a Tita o a Nati o a Carmen. A menudo le contaba a su marido lo bien que salía en las fotos y lo fina que era, a la vez que insistía para que Felipe tratara de ponerse en contacto con sus parientes. Pero a él los marqueses le traían al fresco y la vida social le importaba una berza y consideraba que su mujer era un plomo insoportable que sólo servía para amargarle las comidas con su cháchara sobre los chismes leídos en las revistas. Incluso cuando Claudia le montó una escena y entre sollozos le suplicó que por una vez en la vida la complaciera intentando que los primos les invitaran a su fiesta de todos los veranos, Felipe con la misma firmeza con que el pasado invierno se negó a abrir la caja fuerte de la sucursal bancaria que dirigía, pese a que los atracadores le encañonaban con pistolas del nueve largo, le aseguró que no haría tal cosa. Claudia desde aquel día veló sus insomnios en el cuarto de la niña y Felipe comenzó a llamarle «cielo» a su secretaria.

En la peluquería Claudia daba todo tipo de pormenores sobre el traje que se estaba haciendo para asistir a la fiesta de siempre, la que todos los agostos daban sus primos. Era azul, de gasa, con escote en uve en la espalda, cintura muy marcada y falda con frunces. «Que la veamos en el *¡Hola!* —comentó su manicurera con un deje un tanto irónico—, porque tiene usted mala suerte señora Salom, con lo guapa que es y nunca la sacan.» «Este año saldré», dijo ella convencida.

El día del cumpleaños de Chitín, el 24 de agosto, pidió a su madre que se quedara con los niños y le contó a Felipe que se iba a una cena de antiguas alumnas. A las ocho tomó un taxi. Conocía perfectamente la situación del chalé de los marqueses porque algunas tardes había cogido el coche y con los niños habían dado una vuelta por la urbanización de lujo.

Estaba realmente guapa. Tenía una facha estupenda y además el traje le sentaba muy bien. Su estrategia consistía en entrar mezclada con otros convidados porque una vez dentro seguramente encontraría a algún conocido o alguna compañera de colegio de las que sí habían hecho una buena boda. Luego, en cuanto aparecieran los fotógrafos, posaría con el mejor estilo.

Chitín, encantadora, recibía con sus tres hijas a los invitados junto a la pérgola, pero antes, justo en la verja de entrada al jardín, una especie de guarda jurado controlaba las invitaciones impresas. Con esto no contaba. Decidió dar un rodeo para ver si la parte de atrás estaba abierta. Seguro que la casa tenía entrada de servicio. Pero tampoco. El murete, sin embargo, no parecía difícil de escalar. Así que se arremangó el vestido y saltó. No gritó pese al dolor intenso que sentía en la pierna derecha, pero no pudo incorporarse. Antes de perder el conocimiento oyó que Chitín trataba de identificarla: «Creo que es la doncella que tuvimos hace un par de años en Sotogrande. Era una loca. Habrá intentado colarse. ¡Qué desvergüenza!» Luego, en la ambulancia, deliraba hablando con Tita y con Carmen y preguntaba por la niña de Isabel...

Tres días después su foto salió en el *¡Hola!*

Deià, verano de 1989

La dame à la licorne

Al menos ha tardado diez minutos en abrir. A pesar de que me ha parecido oír rumor de pasos en el recibidor y adivinar un ojo escrutador tras la mirilla. Leandro, con el aliento entrecortado más que con palabras, ha justificado su retraso:

—Estaba en el jardín, Hortensia. Perdona si te he hecho esperar. Intentaba tapar la cloaca. No soporto las ratas... Entran y salen a todas horas... He subido corriendo en cuanto he oído el timbre... pero los pasillos de esta casa no se acaban nunca, ya lo sabes.

Una corbata color de ala de mosca en señal de luto, mugrienta y con lamparones, le colgaba sobre la pechera.

—Pasa, pasa. Te agradezco la visita.

Avanzaba casi de rodillas abriendo y cerrando puertas que gemían como si el ácido úrico también hubiera cristalizado en sus bisagras y goznes.

—Ayer el notario me comunicó las últimas voluntades. El heredero soy yo. Supongo que no te sorprende. No es culpa mía que tú y el tío Jaime no congeniáseis demasiado. A ti siempre te atrajo más la tía. Es natural.

Sus insinuaciones, como siempre, aunque insignificantes en su trivialidad, me molestaban.

—Tú ya me entiendes, Hortensia. Quiero decir que yo llevo su sangre, su apellido... Al fin y al cabo tú perteneces a la parte contraria... Desde que la tía Gloria murió no recuerdo que volvieses ni una sola vez a ver al tío Jaime... Y los viejos son como los niños, necesitan que se les tenga en cuenta... La caridad es la virtud teologal más grata a los ojos de Dios Nuestro Señor...

Mientras hablaba en los labios se le dibujaban diversas genuflexiones, restos de tantas misas como había sufragado por el alma del difunto.

—Y mira por dónde, a pesar de todo en las últimas voluntades hay una manda para ti.

Leandro me ha llevado hasta la biblioteca. La luz de la lámpara sin duda ha sorprendido la perpetua somnolencia de las tinieblas prisioneras en las que dormían los viejos retratos familiares. Todos los muebles, incluso las librerías, estaban cubiertas de sábanas blancas. Al fondo, en un ángulo, se amontonaban cajas de cartón atadas con cordeles.

—Está todo preparado. Puedes llevártelo cuando quieras.

Por un momento he pensado que quizá el tío Jaime quiso gastarme una broma de mal gusto con la ayuda del primo Leandro, así que no he mostrado interés por conocer el contenido de los paquetes y me he dedicado a observar la habitación.

—Comprendo que te impresione, Hortensia. Fue aquí donde le encontramos, junto a esta librería. Ya sabes que tenía la manía de encerrarse bajo pestillo para que no le molestaran. Tuvimos que forzar la cerradura. Estaba de espaldas, al pie de la escalerita, desnucado. Un montón de libros se le había caído encima... El pobre tenía una herida profunda en el costado izquierdo y sangraba mucho. Cosas inexplicables, Hortensia. Los caminos del Señor...

Respiraba el tufo de mantas apolilladas. Leandro acababa de quitar las sábanas que cubrían dos butacas. Por un instante pensé que me iba a desmayar y me acerqué a la ventana.

—¿Me dejas que abra, por favor?

—Te costará. Las persianas de esta casa siempre han estado cerradas. El tío Jaime se concentraba mejor con la luz eléctrica. ¿Quieres que lo intente yo?

—Gracias, puedo sola.

—Muy bien, muy bien. Mientras iré a buscar algún refresco o, si prefieres, un té, o un café con leche o un vaso de leche fresquita... Ya sabes que el tío era muy estricto con su dieta y no bebía mas que leche y, mira, yo he acabado por imitarle... Tú, en cambio, eres una mujer moderna y quizá prefieras alcohol...

—Gracias, Leandro, no tengo sed.

—Si no te importa, con tu permiso yo me serviré un vaso de leche fría. ¿No encuentras que el bochorno es insoportable esta tarde?

Me ha dejado sola unos momentos, los suficientes para volverme otra vez pequeña y regresar con mi madre a la casa, de visita. La tía Gloria ha preparado chocolate con ensaimadas pero no me deja probar nada hasta que el tío Jaime no salga de su madriguera. Entrará en la salita sin saludar y en cuanto apure en dos sorbos su taza, me preguntará si ya he leído el abate Prévost, entre la regañina de las dos mujeres. Luego me dará una palmadita en la mejilla y se volverá a encerrar en la biblioteca. Pasaron muchos años hasta que le dije que sí, que ya había leído *Manon* y que me había gustado. Me miró como si acabara de perder la virginidad. Y se despidió con un golpecito en las nalgas mientras me decía:

—Tengo una edición muy especial de *Manon Lescaut*. Los grabados son interesantísimos. Un día te los enseñaré...

Sin las sábanas que cubren los muebles el cuarto resultaba aún más tenebroso. Los libros parecían presos en sus celdas a los que el rigor de un juez inhumano obligara a un encierro a perpetuidad. La llave que abría la puerta de las vitrinas jamás estaba puesta, había sido escondida en un lugar seguro. Los cristales ahumados dificultaban incluso la lectura de los títulos impresos en los lomos.

—... La guardo en el último estante detrás de

una primera hilera de camuflaje. Junto a los tesoros. Son libros demasiado valiosos para que estén al alcance de cualquier asistenta que, con la excusa de quitarles el polvo... Dios sabe los desastres que podría cometer... Ven, Hortensia, yo te sostendré la escalera...

No exageraba. Detrás de una fila de ediciones anodinas apareció su arsenal de bibliófilo.

—Míralo bien. Debe estar entre la edición *princeps* de *Justine* y *El jardín de Venus* de Samaniego. No, no es éste... ¡Cuidado que éste es un rarísimo ejemplar del *Codex Vossianus Chemicus*...!

No fue nada fácil localizar el libro y pronto comprendí el por qué. Al tío Jaime no le interesaba que lo encontrara en seguida. Estaba completamente absorto en mis piernas.

—Comprendo que hoy tengas prisa, Hortensia. Tu madre está a punto de marcharse. Vuelve un día en que podáis quedaros más rato y te enseñaré mis tesoros. Te gustarán.

No había vuelto a entrar allí hasta ahora. Con el balcón abierto me sentía acompañada por la algazara de los chicos que jugaban en la calle y al mismo tiempo sus gritos apagaban los pasos que llegaban del interior de la casa. Me agobiaba la sensación de sentirme vigilada. Leandro entró de pronto, meneando la leche con una cucharilla.

—Me gusta muy dulce. Nosotros tenemos fama de golosos.

—¿De verdad estás solo, Leandro?

—Claro, prima, ¿con quién quieres que esté?

173

Desde que murió el tío Jaime, salvo visitas de pésame momentáneas, no ha venido nadie. Antonia se despidió hace tres meses. Me las arreglo solo.

—Pues se oyen pasos.

—Son ratas. Me invaden por culpa de la cloaca. Crían sin parar.

Nunca pude soportarle pero hoy me ha parecido aún más repulsivo que otras veces. Sudado, tomando leche como un recién nacido, con sus gestos monásticos, resultaba casi obsceno. Un mechón grasiento de pelo que le caía sobre la frente se deslizaba casi pegado a la piel, como si fuera una lombriz de tierra. Después de tomar el último sorbo de leche ha considerado que había llegado el momento de entrar en materia.

—Hortensia, el tío Jaime te ha dejado como manda una parte de su biblioteca.

—¿Cómo?

—Sí, sí. Una lista muy completa. Rarezas de bibliófilo.

Esperaba cualquier otra cosa. Algo estúpido y burlesco. Ropa interior más pequeña que la que uso. Un cromo de San Sebastián con las saetas del martirio, enmarcado en plástico. Cualquier cachivache o un bibelot de mal gusto a tono con la tacañería del tío Jaime, pero en absoluto que me dejara algo de valor. Por los volúmenes más raros había pagado cantidades muy elevadas.

—Sorprendida, ¿verdad? Te confieso que yo también lo estoy. No creas, volvió a hacer testamento cuando murió la tía Gloria y estaba en su perfecto juicio. Yo mismo le acompañé al notario. A menudo me comentaba lo mucho que le hubiera gustado poderte explicar, personalmente, los méritos de cada uno de los volúmenes que ha tenido la delicadeza de dejarte.

Las frecuentes expectoraciones de Leandro, la modulación de su voz, los gestos amanerados, le identificaban cada vez más con el tío Jaime. Instintivamente tiré hacia abajo de la falda.

—Te confieso, Hortensia, que yo le había aconsejado que se deshiciera de estas malas compañías o, al menos, que quemara algunos libros que, a buen seguro, ofenden a Dios Nuestro Señor... Ahora tú verás, es cosa tuya. Me sacas un peso de encima llevándotelos de casa. Yo, a partir de ahora, me lavo las manos. Ya estás avisada.

Pero la actitud no ha acompañado las palabras: en sus ojillos brillaba una punta de malicia.

—Y no vayas a creer, lo que te ha dejado vale una fortuna. Claro que no podrás venderlos. Hay una cláusula muy explícita en el testamento que lo prohíbe.

Le he mirado con infinito desprecio hasta obligarle a recluirse como un caracol dentro de su caparazón.

—No te preocupes. No pensaba venderlos. No necesito dinero.

—Lo supongo. Si te lo digo es porque me gustan las cosas claras. Creo que ya no tenemos nada más que hablar sobre el asunto...

Leandro lo había dispuesto todo con minuciosidad de antemano escogiendo la relación de textos que se indicaba en el testamento. Los libros estaban metidos en las cajas preparadas para que me las llevara cuanto antes. Él mismo, muy solícito, se ha ofrecido para cargarlas en mi coche o para utilizar el suyo si era necesario. Pero no ha hecho falta. Con el asiento abatido han cabido perfectamente. Cuando hemos terminado me ha vuelto a ofrecer un vaso de leche fría y ha bromeado a su modo:

—Si por casualidad te llevas alguna rata, créeme que no será culpa mía... Imagino que este tipo de libros les debe parecer un festín.

Le he contestado con sequedad.

—No te preocupes, Leandro. En mi apartamento no estarán cómodas: les faltará tu compañía.

Y ha emitido un sonido casi ratonil antes de sonreírme melifluo.

—A pesar de nuestras desavenencias yo te aprecio, Hortensia. Debes volver otro día con más calma y hablaremos tranquilamente. Avísame y compraré pastas y cava... ¿qué te parece?

Al despedirse se ha puesto de nuevo a mi disposición para lo que gustara: ayudarme a poner librerías nuevas o a colocar los libros...

La brisa del atardecer tenía la finura turbadora de los comienzos de otoño.

Movida por la curiosidad he llegado cuanto

176

antes a casa y he abierto la primera caja y, uno por uno, con el mismo cuidado que debía poner el tío Jaime al manejarlos, he ido sacando y hojeando los ejemplares. Cada título nuevo disparaba mi imaginación hacia regiones inexploradas. Ha aparecido *La tabla esmeralda* de Hermes Trimegisto, *Las doce llaves de la filosofía* de Basilii Valentin, *Rosarium Philosophorum* ilustrado con grabados de un morboso erotismo. El último libro que he sacado de la primera caja era un pesado volumen con cubiertas de piel tan suave al tacto que contrastaba con los cantos metálicos relucientes y agresivos. Se trata de una reedición hecha en París el siglo pasado con la reproducción de una serie de grabados sobre planchas de cobre que, según consta en nota introductoria, pertenecen a la colección *Grosseren Kartenspield* que ve la luz en Basilea en el año 1463.

He abierto el libro sobre la mesa y he pasado la primera página. Inmediatamente me he dado cuenta de que las hojas que seguían habían sido arrancadas violentamente y no hacía demasiado tiempo, puesto que los bordes aparecían aún erizados. La risa burlesca de Leandro ha estallado en mis tímpanos. Movida por un impulso irracional he reaccionado estúpidamente y le he llamado por teléfono, con la pretensión de pedirle explicaciones. El timbre ha sonado tiempo y tiempo. Por fin alguien ha descolgado.

—Leandro, Leandro, ¿me oyes?

Pero nadie me ha contestado. De lejos me llegaba el rumor de una respiración y el apagado sonido de pasos. De pronto la comunicación se ha cortado.

He vuelto a tomar el libro. En vano me he preguntado el por qué de la mutilación. ¿Con qué fin? He intentado examinar minuciosamente los grabados que no habían sido arrancados por si en ellos podía encontrar la pista que me llevara a una explicación convincente.

El primero que presentaba síntomas de haber sufrido, al menos, tirones, mostraba un ser ambiguo de rostro casi angelical y cuerpo escamoso cabalgando sobre el unicornio en una conjunción perfecta de sensualidad y arrogancia no contaminada por la culpa. A pie de página podía leerse un breve texto atribuido a San Basilio:

«Presta atención, oh hombre, y guárdate del Unicornio, es decir del demonio, pues siente animadversión contra los hombres y es astuto para dañarles.»

También el segundo grabado contenía una inscripción:

«Sólo una virgen desconocedora del deseo impuro y no mancillada por la mirada turbia del hombre pecador puede suavizar su exaltación viril. El unicornio reposa con delicadeza su cabeza sobre el regazo de la doncella mientras ella se mira en sus ojos en los que es capaz de descubrir los más dulces y turbadores secretos de la naturaleza.»

178

La lámina trata de la sumisión del Unicornio. La bestia fantástica reposa, en efecto, la cabeza en el regazo de la doncella, ajeno a cualquier otra cosa. Me he abstraído en la contemplación de ambos grabados, seducida por la magia adivinada en cada una de las composiciones, y en su carácter complementario, de conjunción de contrarios: el impacto de desafío y agresividad contenida que produce el primero queda atemperada por la sensación de fragilidad y ternura que emana del segundo. La bestia se ha hecho omnipresente y su atractivo ha sido más poderoso que el dominio de mis impulsos. Con la yema del dedo índice he ido repasando muy delicadamente el perfil de su figura y ha sido entonces cuando precisamente he tenido la impresión de que algo caliente y viscoso me impregnaba. Era sangre. He supuesto que me había cortado. El borde del papel puede resultar a veces hiriente como un filo. Pero me he equivocado. La sangre no emanaba de mi piel sino del cuerno. La imagen del tío Jaime muerto con una herida profunda en el costado se me ha impuesto con toda su brutalidad y he tenido la certeza de que fue él quien arrancó los grabados. Se sintió herido y menospreciado frente a la arrogante insolencia de la virilidad del unicornio y quizá éste no hizo otra cosa que defenderse de una provocación tan mezquina.

Sobre el grabado la mancha de sangre ha ido creciendo hasta cuajar en una gota de rubí y luego en otra y en otra. No he gritado, no he pedido auxilio. No he dado un solo paso y no porque el pánico me inmovilizara sino por todo lo contrario, porque esta revelación me ha dejado fascinada. Estoy segura de que muy pronto se me habrá de desvelar un misterio. Cerraré puertas y ventanas. No tengo ningún temor. Al fin y al cabo aún soy virgen.

Venecia, verano de 1985

Echarse al ruedo

A las ocho de la mañana ya se sabía de memoria el horóscopo del día, tras consultarlo en tres periódicos diferentes. «Explote al máximo sus posibilidades durante esta jornada.» «Posible situación que podría cambiar el rumbo de su vida.» «No deje para mañana...» A las ocho cincuenta y cinco en punto —una hora menos en Canarias— decidió ampliar conocimientos en la rotonda de la Plaza de Cataluña. El objetivo bien lo merecía, no fuera en el último momento a jorobarse por falta de previsión. Consultó primero con quien había madrugado más. Le tendió la mano para que le leyera las rayas, por si acaso en algún recoveco hubiera alguna indicación que le fuera útil para el día de hoy.

—¿No podría entrar más al trapo? —le dijo antes de pagarle los cincuenta duros.

—Sería invención impropia de mi oficio, caballero —contestó la echadora ambulante, pretextando una seriedad de cirujano extremaunciador—. Puedo probar con la bola, pero tendrá que ser la semana que viene, la tengo en préstamo con una aprendiza que hace un cursillo por correspondencia.

Lo suyo no podía esperar, estaba claro, y la querencia le llevó a pedir la vez junto al siguiente puesto, en el que un tipo rapado con túnica budista componía una viñeta absurda detrás de una mesa de camping con quinqué de butano y baraja de tarot.

—Cobro a mil.

—Demasiado caro. Estoy parado.

—Te haré precio especial.

—Corta.

—Seis de copas: tendrás que enfrentarte a personas que no piensan de igual modo. Les interesará no tomarte en serio pero a la larga saldrás ganando y vencedor.

»Diez de copas: lograrás tu meta con tranquilidad. Debes proseguir.

»Dos de bastos: te presentarás de manera insólita ante una concurrencia que acabará por admirarte.

—No sigas. Con esto tengo bastante. No habrá suerte que se me resista.

Pasó el día preparándose para el gran momento. Entró en una barbería. No soportaba la mariconada de las peluquerías unisex. No tenía el pelo largo, pero sobró para que se lo recogieran en el cogote en una diminuta coleta. Luego pidió que le dieran un buen masaje facial que le

182

desentumeciera los músculos de la cara. En casa hizo gárgaras con bicarbonato y zumo de limón para prevenir la afonía, no fuera cosa que por culpa de la garganta tuviera que tomar el olivo. Y ya en capilla, pensando en la rifa de los lotes, se sentó ante el despertador a ver cómo transcurrían las horas. No quería obsesionarse. La suerte estaba echada y tenía clara la manera de salirse a los medios. A las cinco de la tarde acabó de apretarse los machos y con la seguridad de que se pondría el mundo por montera, salió a la calle.

A las cinco y media ya se paseaba por delante del Ateneo. Quería ser el primero en entrar para poder sentarse en primera fila. Sólo desde el burladero, ni siquiera desde la barrera, podría surtir efecto su plan. En cuanto abrieron el Salón de Actos, se precipitó a la búsqueda de la mejor localidad. Apenas eran las siete. Le quedaba todavía más de una hora para repasar bien la faena y seguir pensando en la mejor manera de trastear al morlaco.

«De ésta me hago famoso de una vez», se dijo. Y no pudo evitar una sonrisa satisfecha, mirando al tendido.

A las siete y media el Salón estaba lleno hasta la bandera. No en vano el conferenciante era un primer espada, un auténtico maestro, y la televisión había instalado una unidad móvil.

—Es mi tarde, sin duda —bisbiseó.

A las ocho en punto la gloria nacional hizo su aparición acompañado de una muchacha melosa y seguida de un enjambre de fotógrafos. A y cuarto fue como si sonaran los clarines, y el prestigioso catedrático de la Universidad provincial que le había presentado con la enumeración a granel de tantos méritos excelsos y candidaturas en ejercicio (Cervantes, Nobel, etc.) enmudeció. Sonaron discretas palmas del respetable.

El poeta cambió con parsimonia sus lentes y luego, pausado, comenzó entre sonrisas: «Voy a leerles versos inéditos del poemario en el que trabajo. Versos de amor —y miró con intención a la ex morena con quien mantenía un escandaloso concubinato—. Después, en la segunda parte, les explicaré las razones de mi poética.»

«Menuda faena —pensó encogiéndose en el asiento—. Me lo pone difícil. Seguro que con estos versitos amilana a la concurrencia y la encandila. ¡Eso sí que es un lote!» Y sintió la embestida de un mihura de más de 600 kg, berrendo, cuernifino y hermoso de estampa. «Bueno —se dijo—, paciencia. Fuera nervios. Esperaré hasta el tercio de varas y luego me tiro.»

A las ocho y media, aprovechando una pequeña pausa del eximio que bebía agua a sorbitos, con las facultades fónicas algo mermadas, saltó de espontáneo al estrado, y ante el estupor general comenzó a recitar un poema sobre la contaminación del orbe, no sin antes haberse cerciorado de que el piloto verde de la cámara de televisión seguía encendido. Apenas fueron dos capotazos porque el presentador, en cuanto pudo recuperarse de su asombro, se levantó amenazante para hacerle volver a su sitio. Dócilmente ocupó de nuevo su localidad entre murmullos de todo tipo. El poeta, furioso, fulminándole tras los cristales de mirar lejos, le espetó: «Es usted un desgraciado. ¿Cómo se atreve a interrumpirme?» Pero su reacción insultante solivantó a parte del personal y se llevó un abucheo. Después, visiblemente alterado, continuó la lectura, cada vez más desabrida.

—Trastea por lo bajo e intenta abreviar la suerte —comentó en voz alta el desgraciado, interrumpiéndole de nuevo.

Pero esta vez el poeta no se inmutó.

—Matará mal —le dijo por lo bajini a su vecino—. ¡Si se le ve venir...! Más vale que se retire. No será capaz de rematar con altura y, mire usted, lo que son las cosas, a él le contratan todas las temporadas y a uno no le dan ni una oportunidad. Pero ésta es mi tarde. Hoy me hago famoso. Hasta el horóscopo lo avisa.

El maestro concluía sin pena ni gloria la primera parte de su intervención cuando volvió a tirarse el espontáneo. «Va por ustedes», dijo, brindando a la concurrencia antes de seguir:

Oh mundo inmundo de agujeros negros.
Aire sin vuelo, pájaro sin frontera.
Alba sin luz, globo *toráqueo*...

—¡Que llamen a la policía! —gritaba fuera de sí el excelentísimo señor, puesto que también era académico—. ¿Qué hace usted que no avisa? Le advierto que en mi vida volveré a pisar este

Ateneo ni esta ciudad —amenazaba ahora al catedrático presentador.

—No se preocupe, maestro. No se altere que podría darle algo. Ya me voy. ¡Que se quede quieto el mozo de estoque! No alarmarse que no es para tanto. Yo sólo quería una oportunidad. Como la que le dieron a Zorrilla ante la tumba de Larra, me conformaba... Y no se queje que usted no está de cuerpo presente, hombre. Peor hubiera sido en su entierro. De cadáver, ni se entera.

Barcelona, septiembre de 1990

Cuaderno de recetas

Como te lo cuento, Teresina, como te lo cuento. Una verdadera porquería. Todavía no lo puedo creer. En mal momento le hice caso, pero ¡cómo iba a pensar que la peladilla escondiera una almendra tan amarga! Me equivoqué en decirle que sí, que le buscaría el cuaderno y se lo entregaría cuanto antes. Y lo peor es que firmé un recibo comprometiéndome y, además, ya me he gastado el adelanto a cuenta. Pero dime ¿qué dificultad hubieras visto tú? Al fin y al cabo no eran más que recetas... El dinero siempre viene bien. Aunque mi marido me ha dejado un buen pasar, no vayas a creerte, siempre se agradece una ayuda extra. Alivia el luto... Pero, te digo la verdad Teresina, más que el dinero me ilusionaba pensar que vería el nombre de Bernardo impreso en letras de molde... Si el libro se publica, ¡ya lo creo que se hablará de él!, pero no donde me hubiera gustado. Éste es el desastre. Y no puedo hacer nada para remediarlo. Porque, vamos a ver, dime qué excusa puedo ponerle al tipo que se me presenta esta tarde a buscar el material. ¿Que en el baldeo nos extraviaron un montón de cosas?, ¿que la asistenta arremetió con todo cuanto papel encontró? ¡Si yo misma le aseguré que lo guardaría con más cuidado que a las niñas de mis ojos! ¡Qué va...! ¡No va a creerme! ¡Imposible! Si arranco hojas se dará cuenta... Mi marido ya le había enseñado la libreta con la intención de publicarla unos meses antes de morir. Está muy claro lo que quiere este fulano y por qué me ha pagado el medio millón... No podré hacerle comulgar con ruedas de molino, buenos son... Además, seguro que no viene solo, que viene hasta con abogados. Estoy demasiado comprometida para dar marcha atrás. ¡Quién había de decirme hace unas horas que en este instante daría cualquier cosa para romper el compromiso! Claro que, bien mirado, ya hubiera tenido que sospechar algo cuando el tipo que me firmó el talón me dijo si no me importaría que junto a la foto de Bernardo con el gorro blanco saliera otra de una muchacha llamativa... «Lo que crea vd. conveniente», le dije yo, estúpida, aunque no dejó de extrañarme. Me parecía más apropiado que mi marido posara junto a un bufet bien compuesto o con peroles de fondo. Pero por no protestar... ¡Ay, Dios mío, Teresina! Aquí en Palma se agotarán los ejemplares, estoy segura. Como puedes suponer, yo he sido la primera en contarle a todo el mundo que con las recetas de mi marido iban a sacar un libro. Y no es de extrañar. Bernardo era un auténtico maestro, el mejor cocinero de Mallorca, con una experiencia de muchos años. No en balde hizo de pinche en Marsella y se quemó los bigotes en los fogones de los mejores restaurantes de París. La cocina francesa se la sabía al dedillo.

Pero fíjate lo que son las cosas: él, que preparaba unos *souflés* de lo más exquisito y adobaba los solomillos para darles sólo un ligero pase por la sartén y los acompañaba con salsas delicadas, se pirraba por mis guisos caseros. «Eres la mejor, incluso en eso...», me decía el muy zalamero. En cambio yo, no te lo creerás, jamás probé ni un plato de los suyos. Por el restaurante ni me acercaba y en casa él no pisaba nunca la cocina. Tú ya sabes cómo son los hombres, de manera que comió mis platos hasta el mismo día de su muerte. Sí, Teresina, hasta el último momento... Porque esto también quiero contártelo aunque me digas que soy una exagerada, que estoy llena de manías, pero es que tengo un gusanillo metido que no me deja y al menos si te lo cuento me quedaré más tranquila, que si no, entre una cosa y otra, estallaré. Te lo juro. Tengo remordimientos. Sí, hija, sí, remordimientos. Hasta pienso que por darle gusto quizá le aceleré el camino hacia el cielo... Lo que oyes. Y no me digas que estoy majareta... La gula por mis platos quizá le haya empujado hacia la muerte. Y no es que yo no le predicase: «Bernardo, que te sentará mal. Ya comerás

189

cuando te repongas. El conejo con cebolla es indigesto». Pero él, como si oyera llover: «Anda, mujer, calla y dame al menos este gusto. ¡Si de ésta no salgo...!, ¡si tengo las horas contadas!». Y yo estúpida y halagada: «El médico me regañará. Anda, Bernardo, por favor, no comas más». Y él: «Déjame, si está riquísimo». A ver, Teresina, ¿qué hubieras hecho tú en mi caso? Si total no tenía salvación... Dejé de emplear picantes y especies fuertes, e incluso deshuesé con cuidado la carne para que no quedara ni un solo cartílago... Y sin embargo, ¡se atragantó! Tosió y torció el cuello. ¡Ya puedes imaginarte mi trastorno! Sí, claro, de una manera u otra tenía que morir... Ya sé, estaba condenado... En eso tienes razón, quizá mejor así, con el paladar satisfecho... Mira, no sabes lo que me consuela que me lo digas. Durante más de un mes no he podido dormir pensando en que quizá, sin querer, era culpable... ¿Qué hora dices que es?, ¿las cinco? ¡Las cinco ya...! Te dejo. De un momento a otro llamará a la puerta. ¡Ay, Dios mío, qué cabeza!, si venía a pedirte que me vendieras una botellita con pasta blanca y un pincel. Eso mismo, un *tipex*, al menos borraré mi nombre de las recetas. Así... eso... sí, en algunas aparezco: «Salsa a la bella María», «Relleno al gusto de Marieta»... Y eso no, de ninguna manera: mi nombre no puede salir mezclado entre tanta porquería. En cuestión de decencia soy intocable. ¡Faltaría! ¡Ay, hija, en mi vida hubiera sospechado qué se escondía detrás de estas recetas!, quizá porque quien mal no hace no puede

190

pensar mal. Aunque tal vez pequé de ingenua...
porque desde que Bernardo se jubiló —va para
tres años— no hubo tarde de sábado en que vié-
ramos juntos la tele. A veces tampoco la veía-
mos los jueves... «Lo siento, María, tengo que
irme y no puedo llevarte... Cocino para una peña de amigos y a las peñas sólo van los hombres...» Y yo, pues, me quedaba tan tranquila
sin imaginar que pudiera hacer algo indecoro-
so. Un jubilado en casa se muere de pena. Y en
el fondo, ¿qué tenía de anormal salir a cenar ni
que fuera dos veces por semana? Porque amigos, tenía un montón. Bueno, ya viste el día del
funeral. Por cada mujer había dos hombres, fieles y agradecidos. Por eso no me sorprendió nada que el editor, al darme el pésame, me dijera:
«El mundo ha perdido un gran artista, señora.
Me gustaría publicar las recetas. Bernardo me
las había prometido. Confío en usted. La alegría de muchas familias está en juego». Se me
saltaron las lágrimas. ¡Qué iba a imaginar! Al
contrario, me ilusionaba ver convertido a Bernardo en un escritor. Porque las recetas, Teresina, eran elaboración propia, no vayas a creer. Y
pensar que hasta esta mañana era una mujer
feliz... En un santiamén he arreglado la casa y
al sentarme a descansar ha sido cuando me he
dicho: Mira, María, qué desastre. Todo el mundo habla de los méritos de tu marido y tú, en
cambio, no has podido siquiera saborear una
de sus salsas. Todavía estás a tiempo. Hazlo en
memoria suya. Y he empezado a pasar las hojas
del cuaderno de recetas. ¿Qué quieres que te di-

191

ga? No encontraba ni un plato que me conviniera. O no tenía parte de los ingredientes o me resultaban tan extravagantes o complicadas que desistía de probar. Al fin di con una que me apetecía, pero también tenía su aquél. La hierba con la que se espolvoreaba me era desconocida. «Le preguntaré al herbolario de la esquina», me dije. Y, en efecto, me calcé los zapatos y bajé. En mal momento me determiné, hija mía. ¿A que no sabes lo que me dijo Biel?

—Estas hierbas no son de mi especialidad. ¿Para qué las necesitas, si puede saberse? —me preguntó burlón.

—Para cocinar —le contesté yo—. Quiero preparar un plato con una receta de Bernardo, que en Gloria esté.

—¿Tienes invitados? —me dijo muy sonriente el herbolario.

—No, ¿por qué?

—Por nada. Las hierbas son afrodisíacas.

—¿Cómo?

—Que sirven para alegrar los países bajos... Tú ya me entiendes...

Si me pinchan no me sacan una gota de sangre. Dios mío, ¡qué vergüenza! No puedes imaginarte. Vergüenza doble, por mí y por Bernardo. A punto estuve de desmayarme. Menos mal que me dieron Agua del Carmen. Vamos a ver. ¿Tú te hubieras podido imaginar a Bernardo guisando para poner cachondos a sus amigos de la peña? «¡Un artista, señora!» Desgraciados, sinvergüenzas, viejos verdes... Imagínate lo que será cuando se publique el libro. Este

192

marido mío puede llegar a tener una cofradía de devotos o un club de *fans*.

Como te lo cuento, Teresina, una verdadera guarrada. Qué quieres que te diga... Y aún el hecho de que preparase platos verdes hasta el punto de ser un especialista, se lo perdono, porque ya se sabe que los hombres cuando llegan a una cierta edad pierden el *oremus*. Pero por lo que no paso es por el mal uso que hace de mi nombre. Todo Dios pensará que en mi casa estábamos todo el día dándole al asunto, que no parábamos... En fin, que era una orgía. Y de esto nada, puedo asegurártelo, Teresina. Y hasta jurártelo. Ah no, de ninguna manera. Yo siempre he presumido de ser una mujer decente y si mi marido preparaba este tipo de comidas indecentes era para otros, porque él, pobrecito, prefería mis platos, te lo aseguro. Hacía más de veinte años que el gallo no cantaba en la cabecera de nuestra cama.

Deià, 1985

Que mueve el sol y las altas estrellas

1

—No hace falta que vengas con un libro en la
mano —dijo antes de colgar—. Te juro que te
reconoceré en cuanto te vea.

—Juegas con ventaja —contestó ella—. Yo,
en cambio, debería pedirte que me recibieras
con un clavel en el ojal.

—Me lo pones difícil —atajó él—, no tengo
ninguna americana presentable. Uso cazadora
o anorak.

2.

En efecto, allí estaba, haciéndole señas detrás de la puerta acristalada, con cazadora de
cuero y vaqueros, bastante parecido a como le

195

había imaginado. En un segundo recogió el equipaje.

—Se nota que aquí todo funciona —le espetó como saludo mientras le daba la mano—. Ni un minuto de retraso. Es la perfección.

—No creas —dijo él—, no siempre las cosas van como debieran.

Y tomó su bolsa.

—Gracias. Veo que te has acordado de los libros. Pesan un montón.

Anduvieron hasta el aparcamiento en silencio. Luego, en el coche, camino de Hamburgo, no pararon de hablar haciendo planes para las próximas horas. Él propuso enseñarle la ciudad pero ella, mucho más preocupada por la conferencia, apenas si le atendía, obsesionada como estaba por conocer todos los detalles que pudieran ayudarle para hacer la más exacta composición de lugar de lo que se le venía encima. Así que en cuanto él se tomaba un respiro, ella procuraba colocarle una pregunta acerca del tipo de público que solía asistir a estos actos, las condiciones del local o el tono que debía usar. No saber alemán la convertía en un ser dependiente de la buena voluntad del prójimo, en una sordomuda temporal. Además llevaba años intentando superar su timidez infinita y aún no lo había conseguido.

Él, sonriente, la tranquilizaba. Estaba seguro de que todo saldría bien. La mayoría de los asistentes conocía su obra en versión original. Su último libro había sido recomendado a los alumnos de español de cursos avanzados y casi todos lo habían leído. Incluso se había previsto un servicio de traducción simultánea por si alguien prefería utilizarlo. No había por qué preocuparse.

—La traductora es una experta en literatura hispanoamericana, y conoce muy bien tu obra. Ya verás, hasta lo pasarás bien. No te imaginas el entusiasmo que despierta en Alemania todo lo español. No te rías, ya sé que es un tópico, pero no deja de ser una verdad como un templo.

La vehemencia de él actuaba como un sedante sobre sus nervios, no sólo por lo que decía, sino por el tono calmo y un poco apagado de su voz. Además, bien mirado, aún le quedaba un poco de tiempo para relajarse y descansar. A estas horas se circulaba sin atascos y el aeropuerto de Fuhlsbuttel quedaba cerca de Hamburgo, de manera que incluso podría repasar las notas de la conferencia y mirar los apuntes del seminario que debía impartir al día siguiente. Y tampoco era la primera vez que hablaba en público. Su nerviosismo no tenía demasiado fundamento.

3

Bajo la ducha atemperada, recordó las noches de Sankt Pauli y no porque hubiera estado allí, sino por lo que había oído contar sobre aquel sitio, especialmente a Carlos Barral, cuando evocaba una noche demasiado regada en compañía de otro editor, Heinnich Ledig-Rowolt. «Los bordes lacrosos de París —peroraba Carlos— son casi demasiado humanos, peligrosamente sentimentales. Las orillas de Hamburgo son asépticamente mercantiles, frías, despectivas...» La risilla de Barral servía de descansillo a su lección sobre *la boue* y sus nostalgias.

—Eso que vosotras las mujeres sois incapaces de entender...

—Entenderlo sí —protestaba ella—, compartirlo no. Eso es lo que no estamos dispuestas a hacer...

Y sin embargo sentía una curiosidad casi morbosa por conocer el barrio de cuya *negresse* le habían hablado también otros amigos. Se cambió de ropa. Ese traje chaqueta chanel recién estrenado tenía estilo. Además abultaba poco debajo de la gabardina aunque le daba un aspecto formal. Al fin y al cabo, por mucho que se empeñara, no conseguiría parecer una adolescente, de manera que desde hacía unos años había dejado de vestirse como tal. Prefería que la tomasen por una señora elegante, una escritora burguesa —lo era—, que por una ridícula muchachita de Valladolid entrada en años. Le había dicho a Klaus que la esperara un cuarto de hora en recepción.

—Dame quince minutos para ducharme y decidir si prefiero descansar o que me pasees...

Su doble en el espejo la decidió a salir.

4

En el *hall* él se entretenía ojeando un periódico. La verdad es que no tenía aspecto de ario y además le recordaba a alguien sin que pudiera precisar a quién.

—Todavía no te he dicho lo contento que estoy de que estés aquí. No sabes lo que significa para mí, frente al departamento, haber conseguido que aceptaras. Bueno, y no sólo por eso, por verte cara a cara, por conocerte en persona... ¿Sabes? Las fotos no te favorecen, te imaginaba menos guapa...

—Oye, no me rompas los esquemas —replicó halagada—. Creía que los alemanes érais poco dados a la coba. En fin, que érais mucho menos simpáticos.

—Sin ofender... Te confesaré que en mi caso no tiene mérito. Mi madre es aragonesa, de la Almunia de Doña Godina, provincia de Zaragoza por más señas.

—¡Ya decía yo que tu castellano era de una perfección imposible! Me sonaba raro...

—Eso, a jota. Dilo. Dilooo... —terció riendo, acentuando el acento.

Paseaban por el centro.

—*Madame, voilà le lac*. Ya sabes, la ciudad se extiende bordeando la orilla del Aussenalter, y desde aquí, mira, se ven perfectamente los campanarios: San Jakobi, 124 metros; Santa Katharines, 112 metros; San Petri, 132 metros; San Nicolai...

—Pero bueno, ¿te lo sabes de memoria?

—Trabajé de guía, como el médico homosexual de tu último libro. Además, si me equivoco, ¿qué más da? No te atreverás a corregirme...

Tomaron cerveza en una cafetería de la plaza junto al Ayuntamiento y desde allí, con el tiempo justo, se fueron a la Facultad de Humanidades.

5

Como siempre, desde que empezaron a solicitarla para dar conferencias y charlas, y se dedicó, igual que una teatrera sin demasiada fortuna, a hacer bolos donde la llamaran, buscó afanosamente una cara amiga a quien dirigirse, alguien en quien depositar su confianza, un cómplice que le sirviera de coartada durante aquel mal rato. Solía encontrarlo hacia atrás, a un lado, y aunque no le exigía mucho, sí, al menos, que tuviera un rostro agradable y unas ciertas garantías de inteligencia. Ni los muy feos ni los excesivamente guapos le servían; al contrario, la ponían nerviosa. Pero aquella tarde no tenía problema. Los chicos y chicas que llenaban la Sala de Grados de la Facultad de Humanidades de Hamburgo no sólo eran guapos, sino que parecían inteligentes. Así que no necesitó siquiera descansar la vista en el presentador que, tras las consabidas palabras de bienvenida, se sentó junto a otros profesores del Departamento.

Al terminar —cuarenta y cinco minutos sobre los problemas de la creación literaria, expuestos con precisión germánica—, los estudiantes golpearon afanosamente con las palmas de la mano los pupitres y entonces sí que buscó refugio en los ojos de Klaus, que aplaudía con normalidad.

—Muchas gracias —dijo él, acercándose a la tarima donde ella estaba de pie, junto al atril—. Ha sido una lección magistral.

Y luego en voz baja:

—Perdóname, se me olvidó decirte que en Alemania existe la costumbre escolar de golpear en vez de aplaudir. Preguntas, por favor —rogó con contundencia, dirigiéndose al público.

Una hora más tarde todavía contestaba a los más tímidos que se habían quedado rezagados y preferían hacerle preguntas en particular y firmaba libros y hasta autógrafos en unas fotos que alguien acababa de sacarle en una *polaroid*.

Luego Klaus la llevó a cenar junto a otros colegas, invitada por el Departamento, a un pequeño restaurante cerca del puerto, donde servían sopa de anguila y *labskaus*, un plato marinero, mezcla de carne, pescado y huevos que le pareció de una contundencia heroica. Los compañeros de Klaus, aunque amables, eran mucho más fríos que su anfitrión, al menos a simple vista.

—Son de aquí, ¿verdad?

—Por los cuatro costados... —sugirió a Klaus en un aparte.

Además no parecían tener demasiado tacto, ya que se habían embarcado en una conversación poco apropiada. Hablaban pestes de casi todos los escritores españoles, que habían pasado por el ciclo.

—En cuanto me vaya me despellejaréis a mí —dijo ella, tratando de quitar hierro al asunto sin que nadie se molestara en negarlo.

De manera que al poco de tomarse una copa rápida en un piso anodino y profesoral —como su dueño— en una casa librería sin apenas ventanas y sin espacio para cuadros, forrado hasta los techos y hasta el agobio de anaqueles con libros, se despidió de todos pretextando cansancio y pidió que le llamaran un taxi. Klaus se opuso.

—Te llevo. Yo también tengo que madrugar.

Luego, en el coche, le preguntó si no prefería dar una vuelta. Al fin y al cabo sólo eran las once.

—Me gustaría conocer Sankt Pauli —dijo ella.

—Te acompaño, pero no te gustará. Eso es como asistir a un mal tablao flamenco, a un empastre odioso.

—Lo sé, pero me apetece.

—Entonces no hay más que hablar.

6

Trataba de conciliar el sueño evitando precisamente las imágenes que, como en un calidoscopio, se formaban para transformarse de inmediato en otras y otras más que acababan por repetirse, tras los párpados cerrados. Veía monos alcoholizados haciendo gestos obscenos. Prostitutas colgadas de la cintura en una especie de tiovivo. Muchachas con los pechos tatuados exhibiendo con desenfado lo que suponían su más seductora sonrisa vertical. Haraganes de la prostitución, con pinta sifilítica, vendiendo grotescos artilugios mecánicos. Chulos que pregonaban la mercancía carnal de sus pupilas, cifrada en las medidas exactas de su anatomía, asequible por unos pocos marcos y, en fin, travestis cuyos atuendos, prótesis y maquillajes imitaban a la perfección actrices del *star system* hollywoodense e incluso algunos, quizá pensando en una clientela más culturizada, exhibían un parecido mimético con Nefertiti, Madame de Recamier y hasta uno, en un alarde de parodia clásica, pretendía haber sido moldeado por el mismísimo Praxíteles.

Si intentaba leer para convocar el sueño, aún era peor. Superponiéndolas a las páginas de *El anfitrión*, de Edwards, hasta ampliarse desde las sábanas de la cama al resto de la superficie del cuarto, recobraba las secuencias que acababa de vivir y que hubieran podido terminar en pura catástrofe y de la que ella, en definitiva, hubiera tenido la culpa. Porque fue ella la que aceptó jovialmente la invitación del portero del local cuyas fotos reclamo eran suficientemente esclarecedoras del espectáculo que podría contemplar. Cuando entraron, después de pagar ella los tickets, el sótano parecía sumido en una penumbra absoluta. Luego cuando sus ojos se acomodaron a la oscuridad, pudo observar que a su lado, separados tan sólo por un escaso medio metro, en otro diván, una pareja hacía el amor totalmente desnuda; en la pista de baile una muchacha sin otra prenda que un lazo con el que recogía una abundante cabellera, simulaba, o quizá no, quizá realizaba verdaderamente el acto sexual, amancebada con la punta de sus dedos, mientras que otras muchachas se ejercitaban en un número lésbico para deleite de mirones. Una camarera en *top less* se les acercó, profesional y eficiente, y tras preguntarles qué les apetecía tomar, les trajo las bebidas en una extraña bandejita de diseño fálico sobre la que también había depositado un número y una llave.

—¿Para qué sirve? —preguntó ella.

—Es la llave de la caja de seguridad por si queremos desvestirnos y guardar el dinero y la ropa. Como ves, todo está previsto.

Ella miró a su alrededor. Eran los únicos clientes que iban vestidos a excepción de otros recién llegados, dos gays que se abrazaban frenéticamente, apoyados en una mesa de billar en la que una pareja tumbada, junto a tacos y bolas, parecía insistir en repetidos logros orgásmicos, a juzgar por los movimientos y jadeos que la proximidad les permitía escuchar.

—La verdad es que creía que se trataba de un espectáculo pornoteatral —dijo ella, incómoda.

—¿Qué más espectáculo quieres...? Variedades para todos los gustos.

Y se rió.

Ella apuró su copa. Buscó algún cigarrillo extraviado en su bolso porque desde hacía unos meses no fumaba, pero sólo encontró un chicle que empezó a mascar. Se sentía fuera de lugar, la ropa le pesaba. Notaba el cuerpo de Klaus junto al suyo, percibía su respiración acompasada, el más débil movimiento de sus músculos, su tranquilidad aparente. «No debo interesarle lo más mínimo —se dijo—. Ni siquiera me ha rozado una sola vez. Daría cualquier cosa por saber en qué está pensando.»

—¿Te pido otra copa? Ahora invito yo —interrumpió Klaus.

—No, gracias. Creo que será mejor que nos marchemos.

—Me parece bien. El ambiente está muy cargado, ¿no crees? —dijo él irónico, levantándose.

Ahora es el rostro de Klaus el que observa frente a sí. La cabeza parece flotar por la habitación separada del cuerpo como si hubiera sido decapitado, y le recuerda a Jokanaan, aunque ella, por desgracia, hace muchos años que dejó de ser una hipotética Salomé. El rostro de Klaus, con el rictus endurecido, amenazante, gritándole al tipo que se ha metido con ellos justo en el momento en que iban a salir del local, y con quien por poco, no la emprende a puñetazos...

—¿Qué te ha dicho?, ¿qué le pasaba? —le preguntaba ella hasta el cansancio de vuelta al hotel, en el coche.

—Nada. Insultos típicos, estupideces de borracho.

—¿Qué estupideces? Al principio cuando os cruzasteis creí que te conocía.

—Y es verdad. Nos conocemos.

—Entonces, ¿qué quería?

—Nada, armar gresca.

—Pero ¿por qué? ¿Tan grave es para que yo no pueda saberlo? Me imagino lo peor.

—¿Qué es lo peor?

—Que te dedicas a hacer de *gigolo* con viejas...

—No digas barbaridades —ríe nervioso—. En absoluto.

—Ves, no saber alemán me convierte en una paralítica, en una tarada mental.

—No exageres, sólo en sorda... Y para oír según que...

—Bueno, si no quieres decírmelo, no insistiré más.

—Ha dicho que habíamos salido precipitadamente en el momento en que él entraba porque yo no quería verle... le temía. Y me ha llamado marica.

No se atreve a hacer comentarios. Siente, eso sí, una curiosidad inaguantable por saber quién es el tipo y, sobre todo, qué relación tiene o ha podido tener con Klaus, pero no quiere seguir molestándole con preguntas. La acusación de homosexualidad le inquieta. ¿Debe serlo, en efecto? En silencio le observa como si le viera por primera vez, intentando buscar cualquier gesto mínimo que le delate, algún indicio de la fatal diferencia. Pero no, no hay nada especial en los ademanes de Klaus, nada evidente. Repasa minuto por minuto las horas pasadas a su lado, sus palabras, el tono de voz, y en especial la delicadeza con que la ha tratado. Y se niega a aceptar que ésta sea únicamente una marca femenina. Pero quizá su falta de iniciativa, ese dejarse llevar por ella, aceptando únicamente sus propuestas sin ofrecer ninguna alternativa, dejándose dominar puedan entenderse como una actitud poco masculina... Y se enfada consigo misma porque le parece una conclusión digna del más cerril carpetovetonismo.

7

Desayunó con Klaus en la cafetería del Hotel, tal como habían quedado. Se sentía absolutamente avergonzada por todo cuanto había ocurrido la noche anterior, por su estúpido empecinamiento en conocer Sankt Pauli. Él volvió a tranquilizarla. Tampoco era para tanto. Y cambió de conversación, insistiendo en la necesidad de distribuir de antemano el tiempo que les quedaba antes de dejarla en el aeropuerto.

—Si recojemos ahora tu equipaje y lo metemos en el coche ganamos una hora. Así no hay que volver al hotel... Estáte tranquila, aquí no roban, y con el maletero cerrado menos.

—Voy a buscar la bolsa —dijo ella.

—Te acompaño —zanjó él, levantándose.

Y sin darle tiempo a replicar le siguió hasta el ascensor.

—Los libros pesan y aún no me los has dado —dijo ya en el camarín, tratando de evitar cualquier malentendido.

En el cuarto, sentado en un sillón, de espaldas a la ventana observó pacientemente cómo ella recogía sus cosas.

—Me encanta ver hacer maletas —le espetó—, sobre todo a mujeres, lo colocáis todo con verdadero mimo.

Luego tomó la bolsa y la llave y en actitud de mozo, burlándose de la situación, le cedió el paso con la cortesía gris de quien espera propina.

8

En la Universidad firmó en el libro de honor y saludó al decano. En su mejor inglés le dio las gracias por la invitación y le felicitó por tener profesores tan gentiles y eficientes como Klaus, que hasta se prestó a compañarla a Sankt Pauli. Y mientras lo decía se dio cuenta que acababa de cometer una torpeza imperdonable.

Los estudiantes se mostraron bastante interesados en sus últimos libros, especialmente en la novela en la que habían trabajado durante el curso, quizá porque el tema, la relación de un joven médico y una paciente en la fase terminal de su enfermedad, les había impresionado.

—¿Sabes? La estoy traduciendo —dijo de repente Klaus sin que viniera a cuento—. No quería decírtelo hasta que estuviera terminada, pero me he traicionado.

—¿Y suena bien en alemán?

—Muy bien. En nuestra bárbara lengua acaba por sonar bien todo, si se dice bien. Carlos V hablaba a su caballo en alemán. ¿Lo sabías?

—Sí, claro, pero el caballo le contestaba en castellano —terció ella al quite, con rapidez.

Los estudiantes rieron. Estaban haciendo una pausa en el bar a la hora del almuerzo.

—Ya sabes, apenas comemos al mediodía. Nos reservamos en forma para las *kartoffeln* nocturnas —dijo, de nuevo intentando bromear.

—¿A ustedes también les toma el pelo? —preguntó ella.

—En absoluto. Es un profesor muy serio. Se ríe poco. Todo esto se lo dedica a usted —aseguró con desparpajo una muchacha pizpireta—, está tan contento de que haya venido después de *comernos el coco* durante todo el curso con sus novelas...

9

El plomizo cielo del norte, como una lámina de cinc, acorta el vuelo de las gaviotas. Lejos, las sirenas de los cargueros anuncian su paso entre la bruma del estuario. Frente al coche aparcado se agolpa un paisaje mercantil: hangares, grúas, tinglados, silos y olores mezclados de brea, combustible y bodega.

—¿Cansada?

—Un poco. ¿Y tú?

—No, estoy muy bien.

—Apenas pude dormir anoche.

—Yo tampoco. Pero mañana es sábado. En realidad hubieras podido quedarte todo el fin de semana. Te aseguro que todo ha ido muy bien. Conozco a mis alumnos y sé que les has gustado. Volveremos a invitarte. Ya verás... Bueno, si quieres venir...

En la radio del coche suena Tschaikowsky.

—El concierto n.º 1 para piano en versión de Richter —dice él—, que te gusta mucho.

—¿Cómo lo sabes?

—Sé muchas cosas de ti —y se ríe, mientras la mira, cómplice.

—¿Ah sí? Cuéntame...

—En otro momento. Será mejor que nos vayamos. A esta hora quizá haya más tráfico y supongo que no tienes interés en perder el avión.

10

—No te molestes. Sin libros no pesa.

—Mejor, dámela. Así puedo ser galante sin esfuerzo. ¿Quieres facturarla? ¿Sabes una cosa? Me iría contigo.

—Claro —contesta ella—, en España hace

mejor tiempo. Atardece después y no es difícil conseguir cerveza alemana de importación.

—¿Vuelas con Lufthansa o con Iberia? —dice él, ante los mostradores de facturación.

—Con Lufthansa, por desgracia... Saldremos en punto.

—Quédate. Vivo solo. En casa hay sitio.

—Te lo agradezco. Pero me es imposible. Le prometí a mi marido que estaría de vuelta en casa para el fin de semana.

—Me vendría muy bien que te quedaras especialmente por la traducción. Soy muy egoísta.

—Muchas gracias por todo —dice ella antes de pasar por el control de seguridad, mientras le acerca las mejillas.

—Gracias a ti —susurra él, mirándola hacia muy adentro de los ojos. Y de repente la enlaza por la cintura y la atrae hacia su cuerpo con fuerza. Y ella se abandona un instante apoyando la cabeza contra su hombro y siente su respiración pegada a la suya, el pulso de su sangre acelerado y hasta su deseo.

—Me quedaría así toda la vida —confiesa de pronto ruborizándose.

—Yo no —dice él, riendo—. Buscaría una postura más cómoda.

11

Es inútil que mire por la ventanilla para ver Hamburgo desde el aire porque la ciudad está completamente cubierta por nubarrones cambiantes y rápidos, casi espuma de un mar embravecido. Hojea sin demasiado interés las páginas del *Gran Diario* para distraerse, pero no lo consigue, obsesionada como está en preguntarse por el comportamiento de Klaus y su posible homosexualidad.

El avión se bandea, sube y baja para tratar de evitar las turbulencias del temporal, pero, contrariamente a lo que suele ocurrirle en estos casos, no tiene miedo. Cierra los ojos y apoya la cabeza en el respaldo para tratar de relajarse y convocar el sueño. Sin embargo, no tiene ganas de dormir, lo que quiere es concentrarse una vez más en todo cuanto le ha sucedido en estas últimas horas apretadas, en todo cuanto hubiera podido suceder. Decide, finalmente, rebuscar en los rincones, analizar tanto como le venga en gana todas las sensaciones vividas, sin avergonzarse por el hecho de que podría ser la madre de Klaus, ni arrepentirse de su franqueza mientras le abrazaba. Rehúsa, a la vez, con fuerza, que los brazos de él la estrecharan únicamente por caridad... «Aunque nunca volvamos a vernos —piensa, poniendo un punto de sordina romántica a su conclusión—, aunque entre nosotros medien más de mil kilómetros de distancia y en el tiempo nos separen veinte años, aunque el obstáculo sea una legión de maricas por su parte y por la mía un marido celoso..., reconoceremos para siempre este instante único, definitivamente nuestro...» Y sonríe. Sonríe imaginando que el deseo y la

ternura de hace diez minutos tenían la fuerza suficiente para mover el sol y las altas estrellas.

Barcelona-Hamburgo, 1989-1990

Confesión general

Si volviera a empezar todo sería distinto. ¡Me arrepiento de tantas y tantas cosas! Para que nadie se llame a engaño quiero enumerar una por una el número de atrocidades de las que me siento responsable.

En primer lugar, me acuso de llevar sobre mi conciencia trece abortos. Quizá, en estas inocentes criaturas enviadas a la nada sin ofrecerles tan sólo una pequeña oportunidad, residían, ¡ay!, mis mejores posibilidades de pervivencia.

En segundo lugar, de haber intervenido directa o indirectamente en la muerte de tres personas, Antonio Maria Fortuny i Rius, Ramón Barceló i Cogolludo y Mavita Pocoví i Collcerola.

Abandoné a Antonio Maria Fortuny en mitad del Ártico sin camiseta ni otra ropa de abrigo que un liviano pullover y con la brújula estro-

215

peada, abocándole, a causa de mi falta de previsión, a una muerte segura.

Induje a Ramón Barceló a coger el coche sin hacer caso del chivato que indicaba la necesidad inmediata de cambiar las pastillas de los frenos. Dejó viuda y tres hijos de corta edad.

Permití que asesinaran a Mavita Pocoví de una manera brutal —aún recuerdo con horror su masa encefálica esparcida sobre el plato de la ducha— por negarme a comprarle una pistola con la que hubiera podido defenderse de la mala bestia de su antiguo amante.

Me culpo también de la infelicidad de Rosa María Bartoli i Vallfogona. ¿Qué me hubiera costado pagarle una sencilla operación de nariz? Con una nariz como la suya era imposible que el apuesto banquero le hiciera caso. Tampoco permití que anduviera todo el día camuflándosela detrás de los pañuelos, pretextando un resfriado crónico. Ante el psiquiatra le hice asumir su defecto y se tiró por una ventana dos días después de terminar la psicoterapia que había durado tres años y nueve meses.

Asimismo soy responsable de la mala memoria de Luz Casacoberta i Picornell que olvidaba sus obligaciones de esposa y madre, la fidelidad jurada el día de su boda, cada vez que se cruzaba por la calle con un muchacho rubio que llevara un bate de béisbol en la mano y le perseguía hasta el catre.

Me acuso de las lágrimas de Juanita Carratalá i Ozores a quien nunca me digné otorgar con-

216

suelo y del tumor cerebral de Carlos Martínez de la Almeja no detectado a tiempo.

Y aunque nadie vaya a pedirme cuentas, me arrepiento con harto dolor de contricción de tantas otras maldades inferiores que cometí a sabiendas o que a sabiendas no evité.

Pero tengo el firme propósito de la enmienda de dedicarme, en el futuro de mi próxima reencarnación únicamente a escribir sobre pájaros y flores. Renunciando para siempre a la enorme responsabilidad moral que el ejercicio de la novela conlleva, me haré poetisa. Cultivaré sólo la égloga y eventualmente, por encargo, la loa y el epitalamio.

Barcelona, septiembre de 1990

Este libro se acabó de imprimir
en Limpergraf, S.A., Ripollet del Vallès (Barcelona)
en el mes de marzo de 1991